诺贝尔文学奖作家作品

苔依丝

THAIS

〔法〕 阿纳托尔·法郎士　著

徐蔚南　译

北京出版集团
北京出版社

图书在版编目（CIP）数据

苔依丝 ／（法）阿纳托尔·法郎士著；徐蔚南译. —北京：北京出版社，2021.4（2025.7 重印）

（诺贝尔文学奖作家作品）

ISBN 978-7-200-15390-3

Ⅰ. ①苔… Ⅱ. ①阿… ②徐… Ⅲ. ①长篇小说—法国—近代 Ⅳ. ① I565.44

中国版本图书馆 CIP 数据核字（2020）第 010275 号

诺贝尔文学奖作家作品

苔依丝

TAIYISI

［法］阿纳托尔·法郎士　著

徐蔚南　译

*

北 京 出 版 集 团 出版
北 京 出 版 社

（北京北三环中路 6 号）

邮政编码：100120

网 址： www. bph. com. cn
北 京 出 版 集 团 总 发 行
新 华 书 店 经 销
三河市天润建兴印务有限公司印刷

*

140 毫米 × 202 毫米　32 开本　5.625 印张　131 千字
2021 年 4 月第 1 版　2025 年 7 月第 3 次印刷
ISBN 978-7-200-15390-3
定价：35.80 元

如有印装质量问题，由本社负责调换

质量监督电话：010-58572393
责任编辑电话：010-58572757

作家小传

阿纳托尔·法郎士（Anatole France，1844—1924），1844年4月16日出生在巴黎的一个书商家庭，原名为阿纳托尔·蒂波。1855年进入圣玛丽学校学习，之后又转到史塔尼斯拉斯中学。在中学时期法郎士成绩并不突出，但他那时博览群书，广泛阅读小说、哲学、历史与诗歌等方面的著作，这为他以后的文学创作打下了坚实的基础。

1862年，法郎士中学毕业后在勒迈尔出版社从事校对工作。在那里他结识了帕尔纳斯派的领导人勒孔特·德·李勒等人，并应邀参加了帕尔纳斯派的诗歌团体活动。受此影响，法郎士开始在报刊上发表诗歌、小说和评论。

1873年，法郎士出版了诗集《金色诗集》，接着，在1876年又出版了三幕诗剧《科林斯人的婚礼》。1881年，他出版长篇小说《希尔维斯特·波纳尔的罪行》，由此法郎士名声大振，也奠定了他在文坛上的地位，为此，他还获得了法兰西学院奖。此后，法郎士又陆续发表了小说《让·塞尔维安的愿望》（1882）、《阿贝依》(1883)、《恐惧的祭坛》(1884)、《友人之书》(1885)等，还发表了四卷本文学评论集《文艺生活》第一卷（1888）。

19世纪90年代初期，法郎士又连续出版了两部长篇小说，分别为《苔依丝》（1890）和《鹅掌女王烤肉店》（1892）。《苔依丝》是法郎士听了自己的终身伴侣卡亚菲夫人的建议才开始写的，由作者早年的诗歌《圣苔依丝的传说》改编而成。小说主要介绍了一个修道士为了感化妓女却使自己陷入情网的故事。小说淋漓尽致地抨击了狂徒们的禁欲主义，歌颂了世俗生活，批判了基督教关于来世的思想，文中充分表现了作者的人道主义思想，明确地表明了作者希望自由进步。

《鹅掌女王烤肉店》属于哲理性小说，小说内容主要讲述的是烤肉店主的儿子对自己的老师瓜纳尔长老言行的回忆，它对法国社会的现实进行了辛辣的嘲讽。这部小说表明了法郎士对人性的独到看法，揭露了人性的丑恶，这与他19世纪80年代初对人性的看法是完全不同的，那时他一直都赞颂人性的善与美。现在，他觉得人类的本性从始至终都是自私、粗暴、忌妒与残酷的。这标志着他已从传统的人道主义转向了怀疑主义。之后，他又发表了小说《红百合》（1894）、《伊壁鸠鲁的花园》（1894）、《圣克莱尔之井》（1895），同时还发表了文学评论集《文学生活》的第二、三、四卷，1896年当选为法兰西学院院士。

19世纪末，法国逐渐出现了严重的社会矛盾，法郎士对此尤为关注。他在这个时期的主要作品为四卷本长篇小说《现代史话》，分别为《路旁榆树》（1897）、《柳条编成的女人》（1897）、《紫水晶戒指》（1899）、《贝日莱先生在巴黎》（1901）。这是一幅历史长卷，描绘了德雷福斯事件前后法国社会的严峻形势，揭露了教权派的各种阴谋，反映了19世纪末法国社会的面貌与人们的精神状态。法郎士著名的短篇小说《克兰比尔》（1901）则是德雷福斯事件的一个缩影，描述的是一个卖菜老人克兰比尔被警察诬陷的不幸遭遇，从而揭露了资产阶级司法制度的虚伪与腐败。这之后，法郎士又连续发表了一些与宗教、战争、殖民主义和社会主义问题有关的小说，如《在白石上》（1905）和《企鹅岛》（1908）等。其中《企鹅岛》是一部幻想小说，它无情地嘲弄了法国的历史、宗教、传统与现代文明。

1912年，法郎士发表了长篇小说《诸神渴了》。这部历史小说是"情节很戏剧化的一部杰作"，作者写这部小说的目的就是想要反对暴力，表达仁爱的人道主义思想。作者在这篇小说中运用高超的写作技巧将故事、寓言和哲理灵活地进行穿插。之后，法郎士又发表了揭穿教会与天使相关的种种荒诞传说的小说《天使的反叛》（1914）。第一次世界大战让法郎士变得无比悲观与失望，战后，他只发表了两部回忆录《小皮埃尔》（1919）和《如花之年》（1922）。

1924年10月12日，法郎士去世，法国政府和人民为他举行了隆重的国葬。

授奖词

瑞典学院常务秘书　埃·阿·卡尔费尔德

　　1881年，阿纳托尔·法郎士以他奇特的小说《希尔维斯特·波纳尔的罪行》吸引了法国文学界与文明世界的关注，那时候的他已不在年轻人的行列。这之前的几年里，他并没有引起人们的关注，但在这段时间里，他也并没有闲下来，而是合理利用每分每秒勤恳地付出着自己的努力。他结合自己的才智、思想与真实生活写出的作品，虽不怎么突出，但篇幅却恰到好处，充满活力。

　　法郎士并不是很在乎自己有多高的威望，他的一生虽斗志昂然，但对功名的渴望只起到了微不足道的作用。的确，在他七岁的时候就有了崇高的理想：想要成名。虔诚而善良的母亲曾给他讲过关于圣徒的传说，目的就是想要激励他心甘情愿地去沙漠定居，做一名隐士，最终享有像圣安东尼和圣哲罗姆一般的名望。他的沙漠就是"植物园"。这里的棚舍和笼子里生活着许多野兽，天父似乎伸出了双臂，将天堂的祝福送给园里的羚羊、麋鹿和鸽子。对于他存在的这种虚荣心，母亲却很担心，但父亲安慰母亲说："亲爱的，莫急，当他二十岁时，你就会看到另一个他，那个时候他就会很讨厌名声这种东西了。"法郎士说道："我的父亲说得对，看来父亲并没有看错，以前自己没有名声，也并不想让我的名字印在人们的脑海里，那时，我像伊弗托的国王一样，生活非常美满。而对于成为隐士这一梦想，却只有在生活遇到瓶颈时才会重温。换言之，每天，我都会重温一下这个梦想。每天，大自然也会趁机抓住我的耳朵，带我体验一下这卑微的生活中所产生的乐趣。"

十五岁时，阿纳托尔·法郎士写了人生中的第一篇作文《法兰西王后圣拉德贡德的传说》，他将这篇作文献给了父亲和可敬的母亲。遗憾的是，现今，这篇作文的去向不明。但时至今日，甚至是圣人的信仰对他毫无影响之时，他却仍然可以用染着金色光环的笔写下他们的传说。

阿纳托尔·法郎士的名字闪耀在明亮的星座之中，似乎是因写诗歌而得的。在他父亲所开的旧书店里，受到环境的感染，法郎士很快就有了强烈的求知感，那时他经常会留恋在旧书的海洋中。书店里"法国的武器"这块值得人骄傲的招牌大大引起了父子俩对这个文学名称的兴趣，就连收藏家和珍本爱好者也来到这里查询着新的珍本，相互讨论着作者和版本。虽然当时法郎士还很年轻，但每次他都会集中精力倾听，以至于在这样神秘的博学氛围中受到了启蒙，法郎士则将此作为自己宁静生活的最大乐趣。我们从瓜纳尔长老和他在"鹅掌女王"烤肉店中焕发的光彩可看出。为了解决温饱问题，瓜纳尔长老在店里给年轻的烤肉工人上课时运用的是带有智慧、讽刺和基督教信仰的口才。他来到了书店，拿起了一本免费的来自经典版之国荷兰的书籍，然后阅读了起来，以此来满足一下自己的心灵。

来到这里的还有贝日莱先生，他拥有一个让自己厌烦乏味的家庭，他正在书架旁和几个朋友闲谈呢，他将一天中美好的时光都寄托于此。阿纳托尔·法郎士属于书店的痴迷诗人。他的想象力会在珍本收藏家的幻觉里叱咤风云，举例说明，他曾赞美过阿斯达拉克的绝妙的、规模巨大的馆藏图书和手稿，这个人是一位尊贵的神学家，他曾在这里寻找过证实他迷信的依据。"那种强烈感远超于从前，"当瓜纳尔长老的冒险之旅即将结束时讲道，"我是多么想去一个受人敬仰的藏书室啊！然后坐在一张桌子的后面，而在这个地方又静静地堆放着很多很多精选书籍。与人相比，我更加愿意和这些书籍谈话。我发现人生有很多种生活方式，但最佳方式还是沉浸于书海，平静地度过一生，凭借着数百年来历代帝国的景象来延长我们人生短暂的生活。"

阿纳托尔·法郎士个人信仰的基本特征，就像是他的长老似的，甘愿从知识和思想的象牙塔之上，将目光转向最遥远的时代与国家。过去，他宁愿为信仰而献身，但讽刺现今也充满了活力。

虽然人类存在于这个世上十分脆弱，但美无处不在，作家则赋予其具体的形式与风格。阿纳托尔·法郎士注入作品里的博学与深思让其作品有一种罕见的庄重，更关键的一点便是，他为完善自己的风格而付出了全部的心神。他所塑造的语言属于最高贵的语言中的一种。法语是拉丁母语得天独厚的女儿，很多杰出的大师们都运用过它。无论是庄重还是欢乐，它天生拥有宁静与魅力，还有力量与旋律。法郎士在很多地方都说过，这种语言是地球上最美的语言，他用很多温柔的形容词来形容这种语言，就像对待一位自己深爱着的女士一样。但作为古人的纯正血统的后代，他还是希望它是朴实单纯的。他属于最杰出的艺术家之一，他的艺术追求是：如何使他的语言经过严格的净化变得淳朴起来，同时还具有表现力。当代，欧洲正流行着不利于语言净化的艺术爱好，艺术究竟该如何使用真正的语言源泉，法郎士的作品在这方面富有教育意义。法郎士使用的语言属于古典法语，是费奈隆和伏尔泰的法语，当然，为了美化它，他赋予了它轻微的拟古痕迹，这样就更适合他的古代主题了。他的法语如此明晰，为此，人们总会联想到他书中人物蕾拉所说："假如水晶可以开口，那它一定可以用这种方式说话。"

阿纳托尔·法郎士因作品突出而声名鹊起，以至于在世界上也享有很高的声誉，他虽然不在乎名誉，但却无法避免。现在，我们也很愿意回顾一下关于他的某些作品。这样的话，我们也就可以经常遇到法郎士了，因为他并不像多数作家那样喜欢躲藏在自己的词句后面。

法郎士是一位讲故事大师。为此，他还创造了一种完全属于自己的模式，那就是他博学而又富有想象与清澈迷人的风格，还有将讽刺与热情完美融合的出奇情形。没有一个人会忘记他的巴尔塔扎尔。这是一位埃塞俄比亚黑人国王，他特意去拜访了希巴美丽的女王巴吉丝，同时还赢得了她的青睐。但轻浮的女王没有多久就忘记了这位国王，和其他人坠入爱河，巴尔塔扎尔的身心受到巨大的伤害，然后回到了自己的国家开始研究预言家的最高智慧和天文学。正当他还处于极度伤心之时，一道让人惊讶无比的美妙光芒照射而来。他发现了一颗新星，这颗挂在高空的新星开始对他讲话，在新星放射的光芒中，他结识了两位邻国的国王。这时，他彻底从那段爱情中解脱出来了，他的灵魂变得崇高无比，他开始追随这颗新星。原来就是这颗能说话的新星，曾将三位智者引至耶路撒冷。

法郎士再次用他那古典大师之手，在我们的眼前开启了一个珍贵的珍珠母。我们会发现，这个稍具讽刺意味，而又颇具魅力的传说，有塞勒斯坦与达米耶，还有老隐士与年轻的农牧神，他们一起唱起了复活节的颂歌。一方面赞美基督教的复活，另一方面颂扬旭日东升。他们如此虔诚，心心相印，最后，历史学家用明锐的眼睛看清了，最终同归为一座神圣的坟墓。这个故事表明：法郎士热衷的领域处于异教与基督教之间，这里的黄昏不单纯只是黄昏，其中还混合着黎明，森林之神遇到使徒，神圣与亵渎神的动物共同漫步，这里融入了丰富的素材，这便使他所有的微妙幻想、沉思与诙谐的讽刺都有了被利用的价值。但我们却不知道这到底是幻想还是现实。

圣奥利弗里和利伯莱特、欧弗罗西纳和斯科拉斯蒂卡的传说，其中拥有的那种浪漫的高雅得到人们的称赞。这些篇章出自于圣徒的编年史，或者由文学改编而成，但其中融入了法郎士的才华与灵感，文章写得出神入化，感人肺腑。

接着，法郎士又将我们引至锡耶纳城外的地坑。春天的一个黎明，一位美丽的卡迈尔教派修士讲述了一个故事，她讲到了阿西西的圣方济各，心灵的女儿圣克莱尔，还有侍候朱庇特、农神与耶稣这三个不同主人的神圣的森林之神。这个传说一点儿启发性都没有，但经过法郎士的改写，却具备了最精美的文笔。

法郎士著名的小说《苔依丝》（1890）中，作者将希腊亚历山大城和基督教两个世界巧妙融合为一，极力写出了希腊文明幸存者在基督教的鞭笞下的痛苦之状。书中，怀疑主义正处于顶峰时期，到处都是神秘与唯美主义的夜夜笙歌，把酒言欢。天使和魔鬼转化为人的样子，来到教会神前和新希腊主义哲学家的周围，对人类的灵魂心存怀疑，那个时代心灵的虚无主义色彩充满故事。但这个故事的一些段落却十分优美，其中有一句是这样写的：在孤独的沙漠中，隐居者们在画柱上传道，抑或是在木乃伊坟墓中做梦。

不管怎么说，我们都应该将小说《鹅掌女王烤肉店》（1892）看作法郎士的一流作品。书中描绘了一群敢于面对真实生活的人物，在这个色彩斑斓的世界里，他们恰恰是法郎士真实内心的自然展现。小说对瓜纳尔长老的描绘如此生动，以至我们可以将其作为一个真实的人物来研究。只有触及他的隐私，他才会显示出他内心的复杂性。也许有的人在这方面会与我有共鸣。开始，我并不是很同情这个笨拙的家伙，他是一个很爱多嘴的神学博士，从来都不在乎自己的尊严，有的时候还会偷窃，也会犯与之相似的罪。更加厚颜无耻的是，被抓住之后还要辩解个不停。开始逐渐对他产生好感是我发现他不仅善于诡辩，而且性格十分有趣。他的嘲讽不仅针对别人，同时也是针对自己。他的高尚见解和他的卑劣生活的对照折射出一种深刻的幽默。而我们必须和作者一样以宽容的微笑来看待他。在当代文学中，瓜纳尔这个人物是最引人注目的形象之一了。无疑，他是拉伯雷的葡萄园里的一棵新的茁壮的植物。

有一个让人觉得滑稽与可爱的人物是犹太神学家，名为阿斯塔拉克。从他博学的神秘主义可以很明显地看出，应该属于18世纪小说里的东西。他会变魔术，很特别，而且也很有灵气。他摆脱了世俗的羁绊，当时，他享受着由蝾螈和女精灵组成的温柔而又有益的天地。阿斯塔拉克说，为了可以证明这些生物的才华，一次，一个女精灵强迫一位法国学者给笛卡尔送信，笛卡尔当时正在斯德哥尔摩向克里斯蒂娜女王讲授哲学。阿纳托尔·法郎士虽与迷信水火不容，但也借助迷信为自己的作品带来了愉悦的联想，所以，他也应该感谢这种与他不共戴天的东西。

长老的学生，这位年轻的烤肉工人以淳朴的语调叙述了这些动荡的事件，当时他的这种语调让人赞叹不已。当他可敬而无私的老师在最后一刻受到敌人的袭击，最终作为一个自己从不讳言的基督教徒圣洁地死去以后，这位学生则用拉丁文撰写了一段文字，文字巧妙地赞扬了长老的智慧和品德。作者之后的作品，用优美的文字赞扬了小说的主人公，说他是伊壁鸠鲁和圣方济各的结合，还说他是一个温和地藐视人类的人，为此，还提及了他善意的讽刺和宽容的怀疑主义。除了宗教方面，他所具备的特征完全与阿纳托尔·法郎士本人很像。

此刻，我们应放松心情，跟着他一起去伊壁鸠鲁的花园里做哲学漫步。从他身上，我们学到了谦逊。他会告诉我们：世界之大，而人却那么渺小。你们可以想象到什么？我们的理想就是闪着光亮的阴影，而阴影之后隐藏着我们真正的快乐。他一定知道，人类的平庸无处不在，而且他还会说出来，包括自己也是如此。或许，我们也会因某些作品而去指责他，因为这些作品里过多地描写了神色之乐和享乐主义的感想。举例来讲，他描述佛罗伦萨的红百合标志是出于严肃的思考，他会用与他精神上的父亲的格言相一致的话来讲，心灵快乐才能得到真正的快乐，对于安宁平静的灵魂，则是英明的人驾驭船只躲避感官生活的风暴的港湾。我们应该倾听他对时间表示的愿望，它掠走了我们很多东西，却又让我们心甘情愿地同情自己的同类，只有这样，当我们蹉跎时才会觉得自己不像是被禁闭在坟墓里一样。

阿纳托尔·法郎士沿着这种倾向，至此不再向往他所审美的隐士生活，他的"象牙之塔"，使得自己陷入了当时的社会斗争之中，就像伏尔泰那样，为自己被曲解的爱国主义和恢复被迫害的人的权利而大声疾呼。他走在工人群体中，想要竭尽所能调节阶级之间与贵族之间存在的矛盾。晚年，并不是限制他的坟墓，即使到了最后的时刻，他也觉得那是一种享受。他在美惠三女神的宫廷里待了许多年，在这里，他度过了美好的时光，醒悟之后，他开始投身于理想主义的奋斗中，相应地抛弃了丰富多彩的使人快乐的学习生涯，晚年时，进而去反对社会的堕落、物质主义和金钱的影响。当然了，他在这方面的活动并没有引起我们的关心，但极其有益的就是他那高尚的情操背景下的文学形象。

他淡泊名利。他关于圣女贞德的作品有颇多争议，当时，对于这本书，他注入了很多心血，最终想要达到揭开这位得到了神的启发的法国女英雄的神秘面纱，以恢复她的本性，让她可以真实地生活的目的。但还是在准备使她成为圣徒的时代，他所做的一切都没有得到认可。

《诸神渴了》（1912）这部小说描绘的是法国大革命的进程，这场革命被认为是为理想而斗争的，战争中血流成河，尸体倒在血泊中，反映了当时人类无足轻重的命运。但我们不要认为法郎士是想把它表现为最后的清算。想要利用一个世纪去清晰地描绘人类走向宽容与人道的进程是一件不容易实现的事，因为那太遥远了，而且时间极其短暂。其实，很多事件都已经证实了他的预言！这本书已经出版，但几年之后就发生了巨大的灾难。现在，为蝾螈的游戏搭建了完美的舞台——战争仍未结束，地球上硝烟弥漫，烟雾之外涌现了地球上邪恶的神灵。这些难道是复活了的死人吗？先知们带着阴郁的情绪做出了新的预言。人们几乎都已相信这种迷信是真实的，进而要用迷信来湮没文明的废墟。

阿纳托尔·法郎士掌握着微妙且辛辣的武器，他用武器击败了这些幽灵和假圣徒。在我们这个时代，信仰不可或缺——一种经过健康的怀疑与明晰的精神而净化的信仰，追根究底，就是一种新的人道主义，一种新的文艺复兴，一种新的宗教改革。

与文明世界的其他地方相同，瑞典也绝不可以忘记自己的进步，将其归功于法国文明的。法国的古典主义是一颗古代成熟而又美妙的果实，从形式上讲，我们受此滋养。说实话，我们也离不开它的滋养。阿纳托尔·法郎士是当代这种文明最权威的代表，是最后一位杰出的古典主义者。为此，他还被称为最后一个"欧洲人"。我们不得不承认，沙文主义是最罪恶与最愚蠢的意识形态，它企图想要用无法修复的废墟再建新围墙，目的就是想要阻止自由知识在民族的传播。他的出现恰恰与这个时代是同步的，他明朗动听的声音是最响亮的，他告诫人们，他们相互都不可获取。这位骑士是如此机智、卓越、大度与勇猛，文明在向野蛮发动着崇高而持续的战争，他是这场战争中的先锋斗士。他属于高乃依和拉辛创造英雄的辉煌时代里杰出的法国统帅。

今日，在我们古老的日耳曼祖国，我们将这个世界性的文学奖授予这位法国大师、蕴含真与美的忠实仆人、人道主义的继承者、拉伯雷、蒙田、伏尔泰、勒南的后裔的这一时刻，我们不由自主地想起了一句话，那是他在勒南雕像下所说的，这句话表明了他的所有信仰："人类在渐渐地，但又必然地实现着智者的梦想。"

阿纳托尔·法郎士先生——您继承了法兰西语言，它是一种让人赞叹不已的工具，这种民族语言如此高尚典雅，著名的法兰西学院之所以会尊敬地捍卫它，主要是因您为其增添的光彩，它才会在这纯洁的环境里让人羡慕不已。您手中掌握着这个明晰而又锐利的出色工具，您可以灵活地运用它，它也在您的手中闪耀出了最美的光芒。您曾出色地运用它创造出了真正法国式的杰作，这种优秀的作品的风格是非常精致的。我们所仰慕的并不仅仅只是您的艺术，我们同样也尊重您的创作天赋，对于您作品中的很多高贵的篇章所显现出来的宽容与怜悯之心，我们也极其欣赏，为之倾倒。

获奖致辞

　　此次来到这迷人的国度访问，我的心情无比激动，今晚能够与诸位身份高贵的宾客欢聚一堂，我感到无比荣幸。我内心无比澎湃。在我的文学生涯中，我带着感激之情获得诺贝尔文学奖。我为可以获得这项至高无上的奖项而感到光荣，感谢你们对我的文学创作的肯定，对我这个具有珍贵感情者的肯定。我觉得，这是对我多年来文学创作的鼓励，是对我创作能力的公正鉴定。

　　现在，我的心还因兴奋与愉悦而狂跳不止，作为一名法兰西学院院士，能够得到大家的盛情邀请，能够获得诺贝尔文学奖，能够得到你们的认可，我在这里致以最真挚的感谢。梅特林克这个人物，他与伟大的民族独立斗争紧密结合，然后才产生了这位闪耀的巨星；与之情况相同的还有一个人物，就是罗曼·罗兰，他敢于轻视让人心生厌恶的统治阶级，他向往和平世界，浑身充满了正能量，是位才华横溢的善良者，最后也得到了你们的认可。

　　关于挪威议会上颁发的诺贝尔和平奖，如果我在这里议论此次事件，或许你们会觉得我是做了能力范围之外的事，但在这里，我还是不得不议论一下，我要赞扬挪威议会所做的英明决定。假若让我发表议论，我一定会这样讲，你们为了正义将这份荣耀给了布兰廷———一位满怀澎湃之情的政治家。

由这样的先锋人士掌握着人民的命运，这终归还是正确的选择。然而，让人毛骨悚然的是战争的突然爆发，如果没有和平条约的签订，战争将会无休无止。为了欧洲可以存活下来，唯一的途径就是在议会和首相大臣们的会议室将公众的意念体现出来。现在只有形成了一个正确的理念，欧洲各国之间才能协调起来，团结起来。如果这个方案无法实施，那我至少希望诸位可以尽一份你们微不足道的力量，去感化人们，让他们同样公正、勇敢，对国家保持一颗忠诚的心。

目　录

莲花篇

那个时候，沙漠里住着许多隐士。尼罗河的两岸，分布着以木板和泥土砌成的小房屋。那些都是隐士们亲手建造的，各间房屋坐落的距离，使居住的人既能孤独营生，又能于必要时得到相互帮助。那顶着十字架的圣堂，远远近近临着许多的小房屋。僧侣们每逢什么节庆日都到郡边的圣堂里去做弥撒。在尼罗河的边际上，还有几座修道院，院里的人各自幽居在各人的小房间里，他们绝不聚集在一处生活。假使他们聚集在一处生活了，也是为了要更加真切地尝味那孤独的滋味。那种隐遁的修士们和修道者是非常节食的，每天到太阳落山之后，才吃他们的面包，夹着一点儿食盐和意沙泊（Hysope）的叶子，这便算他们一天的食粮了。有几个人，还要深入到沙漠里去，窑洞或坟墓便是他们的居处，他们经营着一种更特别的生活。

他们都谨守着禁欲主义，穿戴惩戒自己的带子和罩满眼睛的肩挂。长夜的默想之后，便去睡在光秃秃的地上，祈祷、唱圣歌。总之，他们每天都在完成伟大的忏悔的苦行。为了想到人类生来的罪孽，他们不仅拒绝了肉体的快乐和满足，而且拒绝了那时候的人以为人生所必需的调养。他们以为四肢的疾病足以使我们的灵魂健康，又以为身体的溃烂和创伤正是肉体最光荣的装饰。他们如此这般地实现那先知的预言了——原来先知说过："沙漠里将布满花朵。"

在这圣地旦白衣特居住的隐士们，有的在禁欲消磨他们的岁月和默想的生活里；有的编织椰子树的纤维，或者稻麦收获时受邻近的农家雇佣，去换得他们的食粮。但是异教徒都瞎疑心他们中间有几个是做强盗过日子的，或是加入到流浪的阿拉伯人中间去掠夺旅行商人的。然而实际上，这种僧侣所最最轻视的，便是财富，他们德行的熏香是一直升到天上去的呢。

天使们扮着青年人的样子，手里拄着拐杖，像旅行的客人一般，来访问他们；至于恶魔呢，都套上了爱底洼人（埃及南部一地方的人民）的面貌或者扮作野兽，徘徊于孤独的修士们的四周，想把他们来诱惑。到了早上，僧侣们带了水壶到泉源那边去取水的时候，他们瞭见沙面上印着萨底儿（人面豚足有角之魔）和桑督儿（半人半马之怪物）的足迹。如果从精神的实际状态想起来，圣地旦白衣特真是一个战场，时时刻刻有天国与地狱的身体的战争，尤其是在夜间。

那种禁欲的人，被那永受诅咒的恶魔们凶狠地袭击着，他们靠着断食、忏悔、苦行等种种方法，以及靠着上帝与天使的帮助，才保全了他们自己。有时候，肉体的苦闷像铁针一般凶狠地刺碎他们的身心，于是他们便唤出痛苦的呼声来，那号泣的声音，正和那满天星斗的夜间传来的恶狗的喊声相呼应。那时候，恶魔们便装扮成诱惑人的美貌，到他们的面前来了。原来恶魔是丑陋的，然而有时他们都会套上美丽的外貌，他们的本来面目便给藏起来了。但旦白衣特的禁欲者们，在他们的小房间里，恐怖地瞧见种种淫逸的幻影，并且这种幻影就是在世俗的逸乐也没有那样的荒唐。幸而他们有的是十字架，终而没有被诱惑。那些恶魔们还原了他们本来的面目，到黎明时便充满着羞耻愤怨而远离了。因此，在破晓的时候，遇见一两个连哭带逃的恶魔是绝非少有的事。有人询问他时，他便回答说："我流泪，我呻吟，因为有一个在这儿的天主教徒用鞭子来打我，用毒药来赶走我。"

沙漠里的老僧侣们权力很大，犯罪者和无信仰者都在他们的权力下面。他们的慈悲有时简直慈悲到可怕的地步。他们坚持从使徒那里得到权力惩罚那种对于真的天主的亵渎，凡是受了他们惩罚的人，简直没有什么可以挽救的了。近村的人民甚至亚历山大城的百姓，都恐怖地讲过，大地曾张开嘴来，吞灭那种被僧侣鞭笞过的恶人。因此，老僧侣们在无赖的眼中很是可怕，在滑稽的戏子、小丑、娶妻的僧侣、娼妇的眼中尤其可怕。

这种基督徒的功德真厉害，甚至能使猛兽屈服在他们的权力之下。据说一个隐遁的修士，到临死时，竟会有一头狮子走来，用脚爪替他挖了一个墓穴。那个圣徒，看见狮子来替他挖墓穴，知道是上帝召他到身边去了，于是与他的道兄们接吻告别。接着，他因为死后能够睡到上帝的怀抱中而感到快乐，便快活地去安眠在墓穴的中间。

却说，那个年纪已经一百多岁的安东尼①自从和他最亲近的弟子——麦山儿和亚麦达，退隐于郭尔静山中之后，在旦白衣特地方上，简直没有一个僧侣的修行，能比得上汪底诺的僧正巴福尼斯②的了。

---

① 原译文为汪督亚纳。——编者注，下同
② 原译文为法非愚斯。

讲到实际，爱勿冷和塞拉比斯翁所管辖的僧侣确实最为众多，修道院里精神的行动，以及肉体的行动，确实都很好，可是在苦行这一点上，总不及巴福尼斯。原来巴福尼斯断食的本领真大，他会三天三夜不吃一点儿食物。他戴着一根顶硬的毛织的惩戒带，早晚鞭策他自己，并且常常将前额俯贴在地上。

他的二十四个弟子，在他的小屋子旁边都造起他们的房屋来，模仿他的苦行。他以耶稣基督之故亲热地来爱他们，并且时时训诫他们的忏悔。在他的精神的儿子中间，有几个是做过多年强盗的，他们受了这位圣洁的僧正的教诲而感化了，而进了修道的生活。他们的生活是这样的纯洁，便感化了其他的同道者。阿比西尼亚女王身边的一个厨子，也受了巴福尼斯的感化而做了基督徒，时时流着感恩的眼泪；还有做助祭的弗拉文，能认识经典，而且说话说得很好，也受了感化。但是巴福尼斯弟子中间，最可爱的一个却要算那名叫保罗的年青乡下人，绰号叫作老实人，因为他是非常天真烂漫的。人家都嘲笑他的老实，但是上帝却爱他，显现出幻象来给他看，并且赐给他预言的才能。

巴福尼斯训诲弟子，以及实行禁欲主义，便是他的圣洁的生活。他又常常对着圣书默想，这是要从那书中找出种种比喻来的缘故。所以年纪虽然还轻，他的功德却很多了。恶魔胆敢袭击那种善良的隐士，却不敢走近他的身边去。月明之夜，有七匹小小的野犬，在他屋子前面，一动也不动，静静地，竖起了耳朵坐着。大家想来，这是靠他清净的品德的力量，才得把这七个恶魔停留在他的门槛之前。巴福尼斯生于亚历山大城里的贵族之家，父母让他受过世俗的教育，他也会被诗人的虚伪所诱惑。在少年时代，他的灵魂是昏迷的，他的思想是混乱的，因此他相信人类在段家里翁的时候遇到过大洪水，并且因此他和他的同学们讨论到自然，甚至讨论到天主的特性以及是否存在。那时候他的生活正是异教徒面目的糊涂生活。他想起了这一个时代，总是不禁要羞愧的。他屡向他的道兄们说："那个时候，我简直像放在那虚伪的欢乐的釜镬里沸煮。"

他的意思，就是说他以前吃的肉是烹调得十分精细的，并且常常到公共的浴堂里去洗澡。这样的世俗生活，一直到他二十岁时才止。他说这种生活，与其叫它为生活，还不如称之死亡的好。但是自从受教于司铎麦克林之后，他就变成一个新的人了。

真理一直深入到他的心底，他常说真理有如一把刀子刺入了他的身心。他拥抱了加尔凡山（基督被难山）上基督的垂询，他崇拜那十字架上的基督。他受过了洗礼之后，尚未习惯束缚的羁縻，还在异教徒中间住了一年。但是有一天，他走到一个圣堂里去，他听见助祭念着圣书里的一节道："如果你要做个完全的人，那么你去把你所有的一切都卖了，卖下来的银子去散给穷人。"立刻，他就卖掉他的财产，把银子用来布施穷人，并且他就经营起了修道的生活。

他远离俗世已有十年，他不再在肉的欢乐的釜镬里沸煮了，他是积功积德地浸在忏悔的熏香里。

他有一个习惯，从他一片至诚的心里养成的习惯，就是他自己常常反思他以前远离天主时的一个个坏处，务必使自己切切实实地意识到那时候的丑恶。却说有一天，照他的老习惯思量着，他想到从前在亚历山大城中戏院里见过的一个女优，最美丽不过了，名字叫作苔依丝①。这个女人在戏剧中显示了她的色相，在欢乐之前毫无一点儿畏葸地表演着种种舞蹈，那种舞蹈跳得真正巧妙，简直能够煽动世人最激荡的热情。那些美貌的青年们，那些有钱的老头儿，

———————————
① 原译文为泰绮思。

5

抱着一肚皮的爱情，拿鲜花来挂在她门前的时候，她总是招待他们进去，总肯委身给他们。她如此这般地丧失她自己的灵魂，同时，她又丧失许许多多别人的灵魂。

巴福尼斯也几乎被她诱惑而堕落。他走到过苔依丝的门前一次。但是那一次，他走到那女优的家门前却站定了，不敢走进去，这是因为他那时候：第一，年纪实在太轻，只有十五岁，自然而然地有点儿害羞；第二，因为没有银钱，害怕亲眼看见自己被人推出门外来，原来他的爷娘管束得很严厉，不准他多花钱。慈悲的天主用这两种方法来救起了他的大罪。但是最初，巴福尼斯全不感谢上帝，因为在那时候，他还不大明白真实的利益，并且因为他那时候尚渴望着俗世的幸福。现在，在他独居的小房间里，跪在那挂在天平上似的尘世赎罪者的救世的木像前面，巴福尼斯想起苔依丝来了。原来苔依丝是他的罪恶的对象，他默想了些许时候，照着那种禁欲生活的老规矩，默想当他无智烦恼的时代，那个女人的教唆是如何的恐怖，如何的丑恶。默想了几小时之后，苔依丝的影子在他面前很清楚地显现出来了。他看见她了。起初，她像莱达那般样子显现在他眼前，懒洋洋地横在一张风信子堆成的床上，头向后倒着，水汪汪的眼睛里充满着光彩，鼻翼微微在翕动，一张微启的嘴，还有像两条小河一般清丽的臂膀。看见这副情状，巴福尼斯拍着胸膛，说道："天主，请你做我的证人，我只是想着我的罪孽的丑恶！"然而那幻象的表情不知不觉地变换起来了。苔依丝的嘴唇一点儿一点儿向嘴角撇下去了，现出一般不可思议的苦痛来；她睁大了的眼睛里充满着眼泪，充满着光亮，胸口膨胀得满满的，像暴风雨初起时候那般地吐出了一口气。看见了这副情状，巴福尼斯觉得自然扰乱了，连灵魂都扰乱了。他俯伏在地上，祈祷道："有如晨露洒在牧场上一般，请你把怜悯来赐诸我的心中，真正的、慈悲的上帝啊，你应得赞美！赞美呀，赞美你！请你从你的仆人身边，拿开那虚伪的温存，请你赐我恩惠，使我除了依你的名义而有的人物外不爱任何东西，因为任何东西都要变迁的，你是永存的。假使我怜悯这个女人，也是因为她是你的作品，就是天使们也担有忧闷而注意着她的。呀，主啊，她的生命岂不也是你的呼吸赐给她的？她不应继续和市民们、旅人们犯罪下去。我的心中非常怜悯她，她的罪恶可怕到极点了，只是一想到她的罪恶，就使我战栗，使我觉得恐怖到周身的毛发都竖起来了，但是她的罪孽愈深，我却愈应怜悯她。我想到恶魔们永久苦恼着她，我便哭了。"

他这样默祷的时候，看见一只小野狗坐在他的脚边，他不觉为之吃了一惊，因为他独居的房间的门，从清早起没有开过。这个畜生，仿佛懂得他的思想，摇起尾巴来了。巴福尼斯用手指画了一个十字，那个畜生便不见了。他这时候知道这是魔鬼第一次闯进他的房里来，他便做了一次短短的礼拜，接着他又想到了苔依丝，他独自说道："靠了上帝的帮助，我一定去救她！"——他睡了。

到了第二天早上，做好了礼拜之后，他走去找柏来蒙。柏来蒙是一位圣徒，住在靠近巴福尼斯的地方，也经营着隐遁的生活。他看见柏来蒙老是笑眯眯、很和平的。柏来蒙老了，他垦殖着一个小小的田园，许多野畜生都来舔他的两手，恶魔却不来扰闹他。

"赞美天主！道兄巴福尼斯。"柏来蒙两手握着锄头这样说。

"赞美天主！"巴福尼斯回答说，"希望你平安幸福！"

"希望你同样的平安幸福！"柏来蒙说，他用衣袖来拭去他额头上的汗。

"柏来蒙兄，我们说话的题目只应有一个，就是赞美天主。天主说过，他是住在聚集于他的名义下的一切的中间的。所以我要和你来商谈一个我的计划，也无非为了增加天主的光荣。"

"希望天主祝福你的计划，像他祝福我的莴苣一样！他每天早上用了他的甘露来赐给我的田园，这是他的恩惠。他在瓜果中间所赐予我的恩惠使我不由自主地要赞美他。我们大家都来祷祝他将我们爱护在他的和平里。我想没有比那扰乱我们心绪的毫无秩序的行动更为可怕的了。这种行动扰乱着我们的时候，我们便像醉汉了，我们走起路来，不是侧东，便是侧西，时时刻刻有丑恶地倒下来的可能；有时这种热情会把我们浸到一种放逸的欢乐里去，耽溺于这种逸乐的人，便在那不洁的空气中，响彻着卑秽的欢笑声，这种可悲的欢乐，会把那罪人领到一切放荡里去；但是有时这种感觉的扰乱、灵魂的不安会把我们投入于一种无信仰的悲伤里，比起欢乐还要惨痛一千倍的悲伤里。巴福尼斯兄，我只是一个可怜的罪人。但是在我的长长的一生里，我体验的隐士的最大的敌人，便是那悲伤了。我知道这种顽强的忧伤，会像雾一般包裹那灵魂，将天主的光遮去。要知道在信奉宗教者的心上散布一种惨伤暗淡的气氛，正是解脱的反面，正是恶魔的最大胜利。假使恶魔只把欢喜的诱惑送到我们面前来，倒还不及忧伤的一半可怕。哎，恶魔会很巧妙地使我们忧伤。恶魔不是在我们的神父安东尼面前显示出一个黑黝黝的、有魅力的小孩子来吗？那个小孩子真美丽，使人见了要欢喜到眼泪都流出来！我们的神父，靠了天主的帮助，避去了恶魔的陷阱。神父和我们在一处的时候，我知道他遇到了这样的事情。他和弟子们住在一处互相安慰着，却从没有堕入到忧郁里去。道兄，你来不是要和我商谈你心中的计划吗？假使你的计划是以天主的光荣为目的的，我一定很喜欢帮你的忙！"

"道兄柏来蒙，我要说的确是为了天主的光荣。希望你的高见强固我的毅力。因为你有许多光明，众恶决然不会蒙蔽你的智光。"

"巴福尼斯兄，我实在还够不上做个替你解鞋带的人，我所犯的罪恶，可以说像沙漠里的沙，数也数不清。但是我总是个老年人了，我决不拒绝你，我当以我的经验来帮助你。"

"柏来蒙兄，那么我来对你讲吧，我一想到亚历山大城里那个叫苔依丝的女人，我便觉得非常痛苦。她生活在罪恶的中间，她在那儿为人间丑事之最了。"

"巴福尼斯兄，这真是一件使人悲痛的渎神的事情。但是在异教徒中间，像她这样生活着的女人正多着呢。你对于这种巨大的罪恶，想出了什么对症良药吗？"

"柏来蒙兄，我想到亚历山大去找这个女人，想靠天主的援助，使她皈依天主。这是我的计划，道兄，你不赞成吗？"

"巴福尼斯兄，我只是一个可怜的罪人，但是我们的神父安东尼习惯说：'不论你在什么地方，总不要急于离开本地而想到旁的地方去。'"

"柏来蒙兄，你觉得我的计划中间有什么坏处吗？"

"巴福尼斯兄，天主做证，我绝不怀疑你老兄的意向！但是我们的神父安东尼又说，放在旱地上的鱼都是要死的，同样，走出了独居小房间，到世俗的中间去的僧侣，就脱离了善境。"

说过这样的话之后，这位老人家柏来蒙将锄头铲到泥里去，开始用力去掘那小苹果树四周的泥土了。当他在垦掘的时候，一只羚羊从那田园的一圈短树外面跳了过来，跳得真轻灵，一片树叶都没有被带伤。羚羊看见巴福尼斯就立定了，像很惊奇不安，周身起了战栗，接着它又跳了一跳，跳到那位老人家的身边，将它可爱的头

9

贴到它的老朋友的胸间。

"为这沙漠间的羚羊，赞美天主的光荣！"柏来蒙说。他走到房间里，拿出一块黑面包来，放在手心里，喂饲这个伶俐的畜生。

巴福尼斯站着想了一会儿，眼睛注视着路上的石子儿，后来，他便缓缓地走进自己的屋里去，走着的时候，思考着刚才他所听到的话。他在脑子里仔细考虑起来，他自信地自语道："这个隐士确实是一个好顾问，他具有谨慎精细的精神，他怀疑我的计划不大谨慎，但是让苔依丝为魔鬼所占有，尽管把她抛弃给恶魔，那使我更加痛苦了。希望上帝给我光明，指引我一条道路！"

他在路上走时，看见有一只斑鸠落在猎人铺在地上的网里了，他知道这是一只雌斑鸠，因为那只雄的飞到网边来，用嘴来啄那个线网，想要啄破一个洞，好让它的伴侣能逃出来。巴福尼斯是惯于用神灵的见解来观察事物的，所以他最易于了解事物的神秘的意义。他一看见两只斑鸠的情景，他就觉得落在网里的斑鸠就是苔依丝，他自己是想啄破网的雄斑鸠，要用有力的言语，将那绊住苔依丝的罪恶网上无形的线一一啄破。他于是赞美天主，更加坚信他最初的决心。但是后来他看见那只雄斑鸠的脚也被网住了，自己也落入要啄破的网里了，他不禁又疑惑起来。

他一夜没有睡，刚要天亮时，他看见一个幻影，苔依丝又显现在他的眼前了。她的面貌上一点儿没有放逸罪恶的神情，身上并不照她的老例披着一块薄纱，而是周身裹着一块布，甚至面孔也裹了一部分，只给巴福尼斯看见一双眼睛，眼睛里正流着雪白的眼泪。

看见了这个幻影，他又哭起来了，想象这个幻影是从天主身边来的，他便再不迟疑地把房门关了，不使沙漠里的野兽和鸟雀闯进他房里去，弄污他藏在床头的圣书。他唤了助祭弗拉文过来，把二十三个弟子交托他去管理。身上只裹着长长的一块布，他就在向尼罗河去的路上走去了，他想沿着里比亚河岸一直步行到马其顿人所建设的城市。他从天亮起就在沙漠里步行，疲乏与饥渴，都不介意。当他看见那河流像血一般的水，在那火一样的黄金一般的岩石间流动时，太阳已经降落到地平线之下了。他沿着河岸走，走到那散居在沙漠中的隐士家里去，用这天主的情分，向隐士们乞食。他所收到的却是谩骂、决绝和威胁。然而他也不介意，仍旧很是幸福地走着。他不怕盗贼，也不怕猛兽，使他最费心的，是怎样避去途中所遇到的村庄和市镇。他为什么要避开市镇呢？因为他怕遇见小孩们在他们父亲屋子前玩弄着骨牌，或者怕在水边看见那只穿一件湖色衬衣的妇女们拿着水壶在微笑，因为这一切对于修道者来说都是危险的。原来他读圣书时，读到基督在城市里来回以及和弟子们在一起吃饭等记述时，在他，有时也觉得是一种危险，原来隐士们专心地刺绣在他们信仰的丝绢上的德行，虽则是壮丽，但是同时也极脆薄，若被世俗的矫风一吹，就会把他的信心弄得软软的。

　　他于是从荒漠的道上走。晚上的时候，柳条被风吹着，喃喃微语，便使他不禁战栗起来，他把他的帽子拉下罩在眼睛上，因为万物的魅力，他一点儿也不要看到眼里去。走了六天之后，他走到了一个名叫希尔西来的地方。那条尼罗河便在那儿流到一个狭小的山谷里去，这山谷的两旁是起伏着的花岗石的山脉。这个叫希尔西来的地方，原来在埃及人崇拜恶魔时代，是铸像的场所。巴福尼斯看见一个史芬克斯[①]的大头颅还残留在岩石的中间。他怕这个大头颅还保持着什么恶魔的魔力，他用手画了个十字，同时呼喊着耶稣的名字；果然立刻有一只蝙蝠从史芬克斯的一只耳朵里逃了出来。巴福尼斯觉得

————————
①原译文为史芬克。

他把一个住在石像里几千年的恶魔赶跑了，他便更热心了，拾了一块大石子儿向那石像的脸上投去，立刻那史芬克斯的神秘的脸上现出一种非常的伤惨，巴福尼斯看见了，也为之感动。诚然，这石像脸上所刻着的超人间的苦痛表情，就是铁石心肠的人也要为之感动的。怪不得巴福尼斯要对史芬克斯说："呀，畜生，照我们的神父安东尼在沙漠里所遇见的萨底儿和桑督儿的样子，诉说耶稣基督的神圣吧！我便将以圣父与圣子与圣灵的名义来祝福你。"一丝蔷薇色的光明竟然从史芬克斯的眼中现了出来，厚厚的眼皮眯了一眯，花岗石的嘴唇艰难地发声了，像人间的回声一般，叫出了耶稣基督的圣名，巴福尼斯于是伸出左手，去祝福这希尔西来的史芬克斯。

后来，他就继续他的旅途，那个山谷渐渐展大了，他看见一个大城市的遗迹，残余的庙堂还站立在那儿，用石像来当作石柱支撑着。那石像中，有几个生着牛角的女人像的头，仿佛得到了上帝的允许，呆视着巴福尼斯，这不禁使他恐怖到脸孔也发青了。他这样子走了十七天，吃的东西是青草，夜里睡在雌鱼精所到的废墟里，和夜猫、法老种的老鼠做伴侣，巴福尼斯知道雌鱼精是地狱的使者，他用手指画了个十字，将她们赶走。

第十八日，在离开城市很远的地方，他发现一间用椰子叶来做的可怜的草棚，一半已埋在飞沙里了。他走近这间草棚，他想其中一定住着个把圣洁的隐士。因为那草棚是没有门的，所以里边有什么，可以一览无余，里面有一个水瓶、一堆葱、一张干草做的床。他自言自语道："这正是一个修道者的家具。凡是隐士大抵是不离开他们的独居的房子的，那么我一定就可以遇到这儿的隐士了。像圣洁的神父安东尼走到隐士保罗的身边，将保罗吻抱了三次一样，我也要去给这里的隐士一个平和的亲吻。这样我们便可互谈永劫的事情，或许我们的天主会叫乌鸦送一篮面包来，这间草棚里的主人就要很热诚地招我进去切面包吧。"

当他这样自言自语的时候，他在草棚四周走了一圈，他要看看这里究竟有没有人。没出一百步，他果然看见有一个人在尼罗河的岸边打坐，这个人周身不穿一点儿衣服，那头发像那胡须一样的雪白，那身体比红砖还要红。巴福尼斯觉得这是一个隐士。他用着僧侣们相见时所讲惯的话说道："仅祝你平安，我的道兄！仅祝有一天尝到天国的甘露。"

那个人却一句话也不回答。他坐在那儿一动也不动，像没有听见人家讲话一般。巴福尼斯以为这个人的默默不语，大抵是入了恍惚的境地的缘故，圣者是常常会投入恍惚里的。他跪下来，两手合十，跪在未曾相识者的身旁，祈祷着一直到了日落的时候，看见那个人还是一动也不动，他便说道："我的神父，我见你浸在恍惚的境地里，如果你现在已经从恍惚里醒了过来，那么请你以我们的主耶稣基督的名义给我祝福。"

那个人头也不旋一旋，回答道："游客呀，我不懂你说的是什么话，我是不认识这个天主耶稣基督的。"

"怎么，预言者已预言了主的诞生，殉教者已通告了主的名字，皇帝自己也崇拜他，不久之前，我从希尔西来的史芬克斯上也看出了他的光荣。你竟能说不认识他吗？"巴福尼斯这样叫了起来。

"我的朋友，"那一个人回答他，"我不认识他是可能的，不仅可能，而且确实有的，假使地球上是有'确实'这件东西的话。"

巴福尼斯听了这样的话，真是不胜惊奇之至。看见这个人一无信仰的愚鲁，颇为悲伤。他便说道："你如果不认识耶稣基督，你所做的工作便一无所用，你也得不到永久的生命了。"

那个老人说道："什么活动呀，什么信仰呀，这都是空的，就是生与死也没有什么两样。"

巴福尼斯便问道："怎么？你不想生存在永久之中吗？但是，请你对我说：你不是照隐士的样子，住在这沙漠里的一间斗室里吗？"

"好像是的。"

"你不是完全裸体，抛弃了一切的吗？"

"好像是的。"

"你不是只吃这树根，遵守着禁欲生活的吗？"

"好像是的。"

"你不是抛弃了世上一切的虚荣的东西？"

"我确然抛弃了。"

"这样说来，你是像我一样，贫穷，清廉，孤独的呀，但你竟不能像我一样也为天主的爱，也为天国的幸福而生活吗？这真是使我莫名其妙了。假使你不信耶稣基督，你为什么要积德？假使你不希望得到永久，为什么要舍去尘世一切的幸福呢？"

"游客呀，我并没有舍去一切幸福呀，我只是有幸发现了一种比较满意的生活方式罢了。如果要说得正确一点儿的话，原来并没有什么好生活坏生活的。从人的本性来讲，原没有什么廉洁，什么羞耻这回事，也没有什么正当不正当，也没有什么愉快什么悲伤的，也没有什么善恶之分。这正像盐是给肴馔以滋味一般，'意见'这样东西是给事物以种种不同的性质的。"

"照你这样说起来，天下没有确实这一回事了。你连偶像崇拜者所要寻找的真理也否认了。你睡在你的愚鲁中间，简直像一条疲乏的狗睡在污泥中间一样了。"

"游客呀，诅咒狗和诅咒哲学家是一样徒然的。狗是什么呢？我们又是什么呢？我们都不知道。我们是什么都不知道的。"

"呀，老人家，那么你是一个下劣的怀疑主义的信徒吗？难道你就是可怜的痴愚者中间的一个吗？可怜的痴子，对于运动与休息，同样地加以否定，而且也辨不清太阳的光明和夜的黑暗。难道你就是这种痴子中的一个吗？"

"我的朋友，我诚然是一个怀疑主义者，对于这种主义，粗鄙的人加以非难，在我看来，却是值得赞美的。因为一样的东西，有着不同的外貌，这正如孟菲斯的金字塔一样，在日出时看起来，是闪着蔷薇色的光彩的圆锥形；到日落时看它耸立于红光满天的空中，便像黑色的三角形了。但是谁能知道它的本体呢？你责备我否定那外面的形象，哪里知道恰恰相反，只有外貌是我认识的唯一的实在。我觉得太阳是光辉的，但我不知道它的本体。我感到火是热的，但我不知道为什么火是热的。朋友，你真大大地误解了我。但是好在你无论怎样理解我，结果总是相同的。"

"我倒还要请教你一次，为什么你在沙漠里只用葱头和枣子来过活呢？为什么你要继续担负那巨大的苦痛呢？我负担的苦痛正像你负担的那样巨大，我又像你一样在孤寂的荒漠里经营禁欲的生活。但我是为了要使上帝快活欢喜，为了要得到那永久的幸福的缘故啊。这是有一个极正当的目的的，以一种伟大的幸福做了目标，为要达到这目标而受苦是很智慧的。反之，情愿置身于无益的疲劳里，徒然的痛苦里，那便是愚鲁。如果我不相信，呀，光明之创造者，请宽恕我这句冒昧的话——如果我不相信上帝借着预言者的嘴巴来教训我们的真理，例如他的儿子耶稣基督、使徒们的行为、教会的威信、殉教者的证据等所显示的真理，如果我不知道肉体的苦痛对于灵魂的健全是必要的，如果我像你一般沉溺于无知之中而不知圣洁的神秘，那么我将立刻回到世人中间去，我将努力去取得财产，去经营那游惰的生活，我要对那种种的快乐说道：'来呀，我的姑娘们，来呀，我的婢女们，你们都来吧，把你们的酒，把你们的媚乐，把你们的香水都倾倒在我身上吧。'但是你这老人家，你抛弃了一切利益，你没有所得而失却了一切，你不望什么报酬而送去了一切，仿佛一只猴子在墙上乱涂乱抹，自己以为是摹写那优等作家的名画了，你便令人发笑地模仿起我们隐士的美善的苦业来。呀，你真是人间最愚鲁的东西呀，我问你：究竟为了什么理由你要这样生活？"

巴福尼斯非常激越地讲着这样的话，但是那老人家还是极镇静。"朋友，"他静静地回答说，"睡在污泥里的狗以及顽皮的猴子，对你有什么重要的呢？"

只思念着上帝的光荣的巴福尼斯，听了这问话，怒气就平了。他用着最高的谦虚向那老人道歉说："呀，老人家，呀，我的兄弟，假使爱护真理的热忱把我推出到正当界限以外去了，请你宽恕我吧。上帝可以做证，我所恨的是你的错误，不是你个人。我见你堕落在黑暗里，我觉得心有所不忍。我因耶稣基督而爱你，我的心充满着要解救你的意志。请你讲吧，请把你的理由说给我听听，我一定要听一听你的理由，因为听了你的理由，我便可说破你的错误。"

那老人家静静地回答道："说话或静默，在我是觉得一样的。那么我就来把我的理由说给你听吧。但我并不要求你也把你的理由来讲给我听，作为交换的条件。因为你这个人，老实讲，没有一点儿可以引起我的注意。我绝不忧虑你的幸福，也绝不忧虑你的不幸，并且我的思想，不论你怎样想，是这样或那样，都好，在我都觉得是一样的，没有什么分别。那么请问你：我如何可以爱你或恨你呢？嫌恶和同情都不是贤明的事情。但是你既然问起我来了，我就讲给你听吧，我的名字叫作迪莫克莱斯①，我生于科斯岛②上，我的父母靠做生意而发了财。我的父亲从事军舰的装备武器，他的智力极像亚历山大大帝，所以人家替他取个绰号叫'巨头'。其实他的智力终究没有亚历山大大帝那样的大。一言以蔽之，这是人类可怜的本性。我还有两个哥哥，像父亲一样是从事船业的。我呢，是讲学问的。我的大哥，由父亲做主，娶了个客利耶的女人，名字叫蒂美莎③。大哥非常讨厌她，在她身边时，总是沉浸在阴暗的忧郁里。后来，我的二哥却爱上她了。这种犯罪的恋爱的热情，不久就变成狂乱的行为。原来那客利耶女人，对于我的两个哥哥都觉得讨厌。她爱着一个吹笛子的男人，每到夜间，她便招他到她的房间里。有一天早上，这个吹笛子的人在她的房中，忘下了他在宴会时所戴的一个花冠。我的两个哥哥看见了这花冠，非常愤怒，发誓要把这个吹笛子的人杀死。一天早上，他们就用鞭子来打他，不管他如何哭泣，如何哀求，最后竟把他打死了。我的嫂嫂因此而绝望，甚至疯狂。这三个不幸的人仿佛变成畜生了，他们被一群小孩子叱骂，被小孩子投掷石子儿，他们像狼一样地叫喊着，嘴唇上尽是涎水的白沫，眼睛望着地，狂乱地在科斯岸边乱闯。他们三人后来都死了，我的父亲亲手把他们葬了。不久之后，父亲生了胃病，什么东西都吃不下去，他虽然很富有，要买完亚洲市场上的一切肉类，一切果品都可以，但是竟然饿死了。他失望地不得不把他的财产传授给我。我便把那财产用在旅行上。我游历过意大利、希腊和非洲，但是一路上没有遇见一个人是聪明的，是幸福的。我在雅典和亚历山大城研究过哲学，那时

---

①原译文为第莫克来史。

②原译文为廓斯岛。

③原译文为梯美煞。

候我真被那种辩论弄得头晕目眩。我于是到印度去，我在恒河边上看见一个完全裸体的人，他盘膝坐在那儿，一动也不动，已经三十年了。藤葛围绕在他干枯的身边，鸟雀在他的头发里做了巢穴。然而他是活着的。我看见了他，我便想起了蒂美莎、吹笛的人、我的两个哥哥以及我的父亲。我觉得这个印度人是个贤人。我向自己说道：'人为什么痛苦呢？这是因为他信以为是财产的东西被人抢去了，或者因为有财产的人恐怕人家来抢他，或者因为自以为遇到了病痛。把这一切信念都除去了，一切苦痛也就完全消失了。'因此我决定不要一物以图利益了，把这世上所谓幸福也都一齐抛弃，照着印度人的样子，在孤独与固定的中间经营着生活。"

巴福尼斯很留神地听那老人家说话，这时他回答道："科斯岛的迪莫克莱斯，我对你说，你所讲的话并非没有意义。看轻这世上的所谓幸福的东西，那是不错的，但是连永久的幸福也看轻，甚至不怕上帝发怒，那是错了。迪莫克莱斯，我很可怜你的无知，我要引导你到真理中间去，教你承认确有三位一体的上帝存在的，那么你将如小孩子顺从父亲一般，顺从上帝了。"

"游客，请你不必把你的教义告诉我，你也不必强迫我接收你的一部分的感情。一切的议论都是没有用的，我的'意见'就是不要'意见'。我为避去烦恼而无选择地生活着。你走你的路吧，不必想着把我从幸福的虚无里拉出来了。我浸在这幸福的虚无里，就如在劳作之后，沉浸在舒适的浴场里一样，你不必想着拉我出来。"

巴福尼斯是受过信仰生活的极端的训练的，依他的经验，他知道上帝的恩惠还没有赐到这个老人家的头上。对于这个挣扎到失败路上去的灵魂，解救的日子还远着哪。他一句话也不回答了，生怕说的话反而变为冒犯教义的言语。因为有时和无信仰的人议论，不仅不能使无信仰的人发生信仰，反而有信仰的人会被无信仰者重新领导到罪恶里去。所以持有真理的人，要宣传真理时，不可不具有一点儿聪明。他说："再会了，可怜的迪莫克莱斯。"

叹了口长气，他在黑夜之中，又在赶他的信仰的路程了。到了早上，他看见水边有一群红鹤，都用一只脚站着，一动也不动的，还是在睡眠呢。仙鹤的青里泛红的头颈，倒映在水面，很是美丽。杨柳树灰色的软叶一直挂到远远的岸上，仙鹤在明净的天空中三角形地飞舞，隐于芦苇间的鸬鹚一声声在啼叫。尼罗河碧水涟涟，汪洋一片，望不见对岸，水上流着风帆，有如鸟翼，岸上三三两两地点缀着几间白色的屋子倒映水中，远远的、轻轻的雾霭浮在水面上。包着一重重椰树，一重重花果的岛屿的阴影里，有一群喧闹的家禽：白鹅、青鹭、小鸭浮游而出。左边那肥沃的山谷，伸展着它的田亩，伸展着它那闪动着欢乐的果园，一直伸展到沙漠里。太阳照耀着的麦穗儿仿佛镀上一层金色，土地的丰饶化作芳尘而四散。巴福尼斯看见这样的景色，不禁跪了下来，呼唤道："祝福天主，保护着我的行程！主啊，你在亚尔西诺意底特的无花果上洒着甘露，愿你也赐恩惠给苔依丝的灵魂。她原来像田野里的花，园圃里的树一样，也是你用着同样的爱情来创造的啊。希望能从我的手中，使她成为芬芳的玫瑰花，开在你天国的耶路撒冷里。"

每逢他看见一棵开花的树，一只美丽的鸟，他便要想到苔依丝。他沿着尼罗河的左岸走，穿过了几多富饶的国土，几天之后，他就走到了那希腊人所谓美丽、所谓黄金的亚历山大城了。天亮了一个小时之后，他望见站在小山巅上的这个广大的城市，城市里房屋的屋脊都在蔷薇的蒸气里发光。他站定了，将两臂交叉在胸前，自言自语道："啊啊，我到了这儿了！罪恶之中生长着我的美好的老家啊！

我呼吸过中毒的明亮的空气啊！我听见过鱼精唱歌的欢乐的海啊！啊啊，这儿是我的肉体的摇篮！这儿是我的俗世的国家，在庸人的眼中，当你是鲜花的摇篮，当你是光明的故国。亚历山大城啊，你的孩儿们，像爱母亲般地爱你，那是当然的。我也生长在你装饰得非常漂亮的胸中。但是禁欲者是看不起自然的，神秘家是轻蔑外面的形象的，基督徒是把他的俗世故国当作一个放逐的地方的，僧侣是避去凡土的。亚历山大城啊，我已从你的爱情里逃出来了。我恨你！我因为你的富裕，因为你的科学，因为你的温柔，因为你的美丽而恨你，应该诅咒的，恶魔的庙堂！异教徒无耻的寝床，希腊教徒腐化的讲座，应该诅咒的！啊！你，天的儿子，生着羽翼的儿子，领导了我们的神父安东尼从沙漠里出来，他为了增加新教徒的信仰，为了劝勉殉教者的信心，到了崇拜偶像的城市里来了。天主的美貌的天使啊，肉眼看不见的孩子啊，上帝最初的呼吸啊，请飞到我面前，振动你的羽翼，给芬芳予这腐化的空气吧！因为这种空气，我就要去和暗淡的贵人们混在一处呼吸了啊！"

他说过话，再赶路，从朝阳门进城。这扇城门是用石子儿做的，高高地站着，有点儿煞有介事，但是穷人们都躲在城门的阴影里，向行人卖着香橼和无花果，或者显出一副苦相，向人家讨几个小铜钱。

有一个褴褛的老妇人，跪在那地上，看见巴福尼斯走来，便拉住他的衣布来亲吻，说道："天主的人，请你给我祝福，那么上帝也会给我祝福。我在世上受了不少的痛苦，我盼望另一世得到一切的幸福，你是从上帝身边来的，呀，圣人，所以你足上的尘埃比那黄金还可爱。"

"赞美天主！"巴福尼斯说。他伸开了手在这老妇人的头顶上做了一个救世的十字架形。

但是他向前走了不到二十步路，便有一群小孩咒骂他，用石子儿来投他，叫道："呀，这个恶修士！他比猩猩还黑，他比牡山羊还多毛！这是个坏蛋！把他吊在果园里去，像木头的泊利亚泊一般，去吓吓鸟雀吧！但是不行不行！他或许会把霜花来撒布在杏仁树上的，他是带着不幸来的。大家来把他钉在十字架上吧，这个修士，来把他钉在十字架上吧！"石子儿跟着骂声而飞来。

"上帝呀！祝福这些可怜的孩子。"巴福尼斯喃喃地说。

他一面走他的路，一面想道："我受了老妇人的敬爱，却又受了孩子们的咒骂。可见一件东西是有种种不同的评价。人的判断原来是最不一定的，常常陷于迷误。所以那个迪莫克莱斯，从他是个异教徒这一点看起来，也不能算他是无思想的了。盲子他还知道自己是看不见光明的，比起那沉溺在黑暗里还高呼着'我看见光明'的异教徒，不是高明得多了吗？这世上，一切都是空中楼阁，都是变动无常的沙漠，只有在上帝中间才有确定。"

他在城中行走时，脚步走得太快。十年的久别，他还认识路上的每一块石子儿，每一块石子儿都是可耻的，每一块都使他想起一桩罪恶。所以他赤着的脚尽力踏着那大道上的石子儿。他很喜欢从他的走破的足跟上流出来的血，在石上涂了几条血痕。他看见左手边是塞拉比斯寺院的壮丽的回廊，他沿着一条建有巨宅的道路走去，那种富家的巨宅仿佛在芬芳里睡眠。松树、枫树、漆树都仰起它们的头，比红色的屋顶平台以及屋上的黄金肖像台还要高。从那宅邸的半开的门中，可以窥见大理石的走廊里装饰着青铜的肖像，绿叶丛中立着喷水台。没有一些声音来扰乱这种美丽宅第的和平，只听得远地里的笛声。巴福尼斯走到一座小屋子前停步了。这座屋子虽小，但比较起来已是很高贵的了，用着有如少女一般柔美的大理石柱子做支柱，并且还用希腊最有名的哲学家的青铜半身像做装饰。

他是看见过这儿的柏拉图、苏格拉底、亚里士多德、伊壁鸠鲁和芝诺的铜像的，他打门时想道："用铜来光辉这种虚伪的贤人，真是无聊。他们的虚伪是混乱的，他们的灵魂是沉在地狱里的。就是以前以雄辩的声音充满了大地的柏拉图，此后只有和魔鬼去议论了。"

一个奴隶来开门了，他看见一个赤脚人立在门口的嵌花砖地上，便凶狠狠地说道："讨饭的修士，走到旁的地方去讨饭，不要等我用木棍来赶你走。"

巴福尼斯回答道："兄弟，我并不向你讨饭，我请你领我到你的主人尼西亚斯①所在的地方去。"

"像你这种狗畜生，我的主人不接见的。"

巴福尼斯又说道："请你答应我的请求吧，你去对你的主人说我要见他。"

"滚开，醒醒的讨饭修士！"看门的奴隶怒吼着，拿起他的棍子来，向着这个圣徒的脸上打过去。圣徒却将手臂叉在胸口，做十字形，一动也不动忍受那棍子的滋味，接着又温和地说道："我求你答应我的请求吧。"那个看门的，身体抖抖的，喃喃地说道："这个人竟不怕痛吗？"他于是去告诉主人。尼西亚斯从浴室里出来，漂亮的女奴们替他擦背。这是一个优雅可爱的男子，一种轻微的讽刺的神情留在他的面部，一看见那个和尚，他便立了起来，奔过去，伸开两条臂膊来欢迎。他叫道："原来是你，巴福尼斯，我的同窗，我的朋友，我的兄弟！我们来亲吻拥抱。我竟然还会认识你，不瞒你说，你现在的神气，与其说你像人，不如说你像头畜生。我们来亲

①原译文为倪西亚。

吻拥抱一下吧。你还记得我们在一起学习文法、修辞、哲学的时候吗？那时候人家看你已经有一点儿阴狠凶暴的脾气，但是我却因为你的非凡诚朴而爱你。那时候我们说你具有马的眼睛，用执着的眼睛来观察宇宙，说你的容易受惊正是不足为奇的。（译者按，马是容易受惊之故。）你稍稍缺少一点儿风度，但是你的宽大却是无限的。至于银钱与生命，你都不留意。你有一种奇怪的天才，非常的魂灵，使我非常地热爱。你今天来，我真欢迎你，我的亲爱的巴福尼斯，我们没有晤面已经十年了。你离开了沙漠，你抛却了基督教的迷信，你延续了你往日的生活，我将以自己的石卵来纪念今示。"（译者按，罗马人的习惯，用白石来纪念幸福，用黑色石子来纪念不幸。）他这时候旋转身躯向妇女们说道："克落皮勒，米尔达勒，你们去把我这位要好的客人的手脚胡子，都弄得香香的。"

妇女们已经微笑着拿了水壶、香料瓶、铜镜子来了。但是巴福尼斯一个严肃的手势，禁止妇女们走近他的身边来，他的两只眼睛望着地，看也不看她们，因为她们都是裸体的。尼西亚斯拿来垫子给他，拿种种肴馔来给他，巴福尼斯却通通轻蔑地拒绝了。

巴福尼斯说道："尼西亚斯，我并没有抛弃你所胡说的基督教的迷信，基督教是真理中的真理，厥始道已有，道是在上帝的里面，道就是上帝，一切都是上帝所创造的。如果没有上帝，是没有一件东西可以创造成功的。生命在上帝的手中，而生命是人类的光明。"

尼西亚斯披上了一件芬芳的衣裳，回答道："亲爱的巴福尼斯，你背诵的这种毫无艺术的堆积起来的话能吓倒我吗？对你说，你的话只是徒然的呓语罢了。你忘记了我也是一个小小的哲学家吗？你想想亚美里、波菲利和柏拉图伟大的光荣尚不能使我满足，愚人从亚美里的红衣上拉下的褴褛能使我满足吗？贤人所创造的学说，只是想象出来的童话，给人间永久的童心去玩弄玩弄罢了。照理是应该当作亚纳、居维爱、爱反丝的麦德六等的童话，或者像米兰斯国的寓言一般看待，给人寻寻快乐而已。"

他拉着客人的肩膀，领到一间房里去，那房中有许多纸卷藏在篮子里。他说："这是我的图书室，这图书室包容着哲学家们所创造的各种学说的一部分呢。他们的学说原来都是为了要解说，都不过是病人的幻梦罢了。"

他强拉着客人坐在一张象牙的椅子里，他自己也坐了下来。巴福尼斯对着那书架上的书籍阴狠地望了一望，说道："这一切书都应该烧毁。"

"客人呀，那损失太大了！"尼西亚斯回答说，"因为病人的幻梦，有时也很有趣。况且假使把人类这一切的幻象都破坏了，大地便将丧失它的形色，我们也将沉眠于阴惨的痴愚中了。"

巴福尼斯照着他自己的思想说道："那是一定的，异教徒的学说只是空虚的说谎罢了，上帝是真理，他在人类面前显示奇迹。他有肉体，他是住在我们人类中间的。"

"你说得很好，可爱的巴福尼斯的头脑，你说上帝也有肉体，那么他也思想，他也行动，他也说话，他在自然中间散步，有如古时奥德修斯① 在蔚蓝的海上散步一样，这简直完全是个人了。在伯里克利② 时代，雅典的猴子们不相信朱庇特③ （Jupiter），你怎么会相信这新的朱庇特呢？但是这一切不要谈吧。我想起来了，你来不是和我辩论三位一体的。好朋友，你要我帮你什么忙？"

————————————

①原译文为廋里史。
②原译文为丕利克来史。
③原译文为汝辟丹。

巴福尼斯答道："那是一件极好的事情，我要一瓶香油来梳梳头发和胡子。最好再给我一个藏着一千个德拉克马①（注，钱币名）的钱袋。呀，尼西亚斯，这就是我来恳求你的，我想到上帝的爱情，我想到我们是老朋友，所以我敢来恳求你。"

尼西亚斯于是叫克落皮勒和米尔达勒去拿他的一件华贵的衣裳来，这件衣裳是照着东亚风格，绣着花卉鸟兽的。那两个女人展开这件衣裳，很巧妙地闪耀出那衣裳鲜明的色彩来。她们只等巴福尼斯脱去那身上的拖到脚跟的一块布匹了。但是那教士说别人要脱去这块布，还不如剥去他的皮，她们于是把那衣裳披在布上。因为这两个女人很美好，所以她们虽是奴隶，却不怕什么男人的。她们看见刚才打扮的巴福尼斯的面孔，那样的奇怪，不禁笑了起来。克落皮勒把镜子给他时，叫他豪奢的主人米尔达勒来替他梳胡子。但巴福尼斯祈祷着天主，不去看她们一眼。穿上了金黄色的鞋，在腰带上系了钱袋，他向那欢喜地望着他的尼西亚斯说道："呀，尼西亚斯！你眼睛里不要把我这种东西看作坏东西呢。要知道这衣裳，这钱袋，这双鞋，我是用着去做一件虔敬的事情的。"

"好朋友，"尼西亚斯回答说，"我不会怀疑是桩恶事的。我以为人类是不会做恶事，也不会做善事的。所谓善恶者，只是议论上的东西罢了，贤人的行为，实际也只是依照风俗习惯的行为罢了。支配亚历山大城的风习，我以为是很适宜于我的，所以我被认为是一个很正直的人。朋友，你去自寻快活吧。"

但巴福尼斯想把他的计划，向他的朋友说一说，便问道："你认识那个在舞台上表演戏曲的苔依丝吗？"

"她是一个美人儿，"尼西亚斯回答道，"她有一段时间做过我的

_____
①原译文为特拉区姆。

爱人。我为了她卖去了一个磨坊，二亩麦田；我写了三册哀歌来赞美她，那哀歌，我竭力模仿那郭尔奈里兴史、加里史赞美李阁里史的诗歌。哎，那时候是黄金时代，加里史在意大利洼沙尼地方的诗神面前，唱他的歌。我呢，我是生于野蛮时代，我用着尼罗河的芦苇来写我的六律诗和五音诗的。在这个时代，这种国土，文艺创作模仿是为了'忘却'才产生的。美这个东西在这个世界上自是最有力量的。假使我们人类是为了要常常保持着那种美而活着，那么我们尽可不必留心柏拉图派的什么造物主，什么神的了，也不必留心古诺史的克派的什么神性永劫分出（Enos）的了，更不必留心其他哲学家的一切幻梦了。良善的巴福尼斯，但是我赞美你，你是从旦白衣特地方来的，会来和我讲到苔依丝。"

　　他说了话，轻轻地叹了口气。巴福尼斯望着他，真觉得有点儿骇然，想不到一个人犯了这样的罪恶，还会坦然地说出来，他真希望大地张开嘴，将尼西亚斯吞入火焰之中。但是地皮还是没有张开嘴。这个亚历山大人一声不响，双手捧着头，对着他过去的青春的幻景惨笑。那个僧侣，站了起来，口气严肃地说道："呀，尼西亚斯！靠上帝的帮助，我将把这苔依丝从地上的污秽的恋爱中抢出来，将她嫁给耶稣基督。如果圣灵不抛弃我，苔依丝今天就会离开这个城市而往修道院的。"

　　"不要冒犯了维纳斯①，"尼西亚斯回答说，"这是一位强有力的女神呢，如果你把她的最美丽的女仆抢了去，她要对你发怒呢。"

　　"上帝会保护我，"巴福尼斯说，"希望上帝照明了你的心，呀，尼西亚斯，将你从现在沉溺着的地狱里救起来！"

　　他走出去了。尼西亚斯送他到门口，将手放在巴福尼斯的肩上，

────────────
①原译文为维那丝。

向他耳语道："不要冒犯了维纳斯，她的复仇是恐怖的呢。"

　　巴福尼斯对于这种轻薄的话，理睬都不理睬，他头也不回就走了出去。尼西亚斯的话只有使他轻蔑，但是他想到他的朋友曾经接受过苔依丝的妩媚，他便觉得这实在是不堪之至的。他以为尼西亚斯和这个女人一起犯的罪，比尼西亚斯和其余任何女人共同犯的罪，还要可恶百倍。他在那罪恶里看出一种特别的恶意来。尼西亚斯便做了他憎恶的对象了。他是常常憎恨不洁的，但是在他面前显现出来的不洁的幻象，总没有这次那样的可恨。他从来没有这样用心来分担耶稣基督的愤怒、天使们的忧伤。

　　他因此愈加热诚地要把苔依丝从异教徒中间救起来，迫不及待地要去看这个女戏子，能愈快把她救出来愈妙。但是要到这个女人的家里去，总要等到白天的炎热退去时才行。白天刚过去了，巴福尼斯便向一条很热闹的街道走去。他决心这一天一点儿东西也不吃，为了免得辜负自己向天主求来的恩惠。他心里非常的悲伤，但是城里的教堂，他都不想走进去，因为他知道这种教堂被亚里亚尼教徒们污秽过了，天主面前的台子，也被亚里亚尼教徒推翻过了。这是真的，得到了君士坦丁皇帝的援助，这种邪教徒们曾经从可教者的座位上，把亚达那史主教赶跑了。他们弄得亚历山大的基督徒们非常的混乱不安。

　　他这样漫无目的地走着，有时仿佛因为屈辱而眼睛俯视着地面，有时仿佛进入了忘我之境而仰视天空。乱闯乱走了一会儿，他走到一个码头上了，在他眼前，那人工的港口里停着无数的船只，船只的吃水部分都是黑黝黝的。那个轻佻的海呢，在靛青与银白的中间，浮着微微的笑意。船头刻着鱼精的一艘兵船，在那儿起锚了。水手们唱着歌在打桨了。一下子这艘船，这个水上的白色女郎，周身里满着水珠，渐渐地远去了，只给巴福尼斯看见个侧影。跟着领港人的指导，这艘船穿过那个和安诺史督海相同的狭窄的海峡，而航到海中去了。在水面只留着一条浪花四溅的残痕。巴福尼斯想道："我从前也想坐着船，唱着歌，到尘世的大海里去，但是不久，我就明白我的痴愚，那鱼精终究没有把我载去。"

他这样幻想着，在一堆缆绳上面坐了下来，后来竟然睡去了。睡着的时候，他做了一梦，他仿佛听见嘹亮的号角声音，天上是血的颜色。他知道时候到了。当他热诚地祈祷上帝的时候，他突然看见一头巨兽向着他过来了。巨兽的额头上是一个光亮的十字架，他一看是认识的，就是那希尔西来的史芬克斯。那头巨兽将他咬在牙中，却并不伤害他，仿佛老猫叼着小猫般，将他叼在口中。巴福尼斯这样子被叼着，经过了许多国土，穿过了许多河流，越过了无数山峰，终于到了一个地方了。那个地方尽是炎热的火灰，可怕的岩石，处处裂开着的地面仿佛张开着一张一张的嘴巴，从这些嘴巴里吐出火热的气息来。那头巨兽将巴福尼斯轻轻地放在地上，对他说道："请你看看！"

巴福尼斯于是在那裂口的边上，俯下一望，是一个地狱，只见地下双重黑色的断崖中间，有一条火焰的河流在那儿流动。又看见在一种苍白的火光中，有一群恶魔正在磨难人类的灵魂。那种灵魂还带着肉体的外形，并且肉体上还剩着一点儿褴褛。那种灵魂虽在苦难的中间，却还是很平静。其中一个灵魂很大、雪白，头上戴着僧侣的帽子，手里拿着笏，嘴里唱着歌。他的歌声唱得非常调和，声浪一直达到荒芜不毛的地角，他所唱的是关于天神和英雄的歌。有许多绿色的小鬼，用烧红的铁来刺他的嘴唇，刺他的喉咙。这个荷马的影子却还在唱歌。离荷马不远，那个老头儿亚那克萨各尔，秃头之上还飘着几根白发，他正用着圆规在尘土上作图。一个恶魔把沸油浇在他耳中，却仍不能岔断这位学者的冥想。巴福尼斯又看见一堆人，在那火焰河畔的岸上，静静地冥想，或者徘徊着谈天，像亚加台米铃悬木的树荫里的师生们一般。只有那个老人家迪莫克莱斯独自坐在一旁，摇着他的头，仿佛一个人在否定什么似的。地狱里的一个使者，拿了一个火把来，在他的眼前摇荡，但是迪莫克莱斯也不看那个使者，也不看那火把。

巴福尼斯看见这种景状，惊骇到目瞪口呆了，他回转头来看那头巨兽，却已经不见了，只见一个披着面幕的女人，立在巨兽站的地方，那女人对他说道："你看看，你懂得这种无信仰者是如何的固执，他们在地上时为幻影所引诱，做了幻影的牺牲，现在落入地狱里了，死亡还不能使他们觉悟。因为要见上帝这件事，终究不是一死就可做得到的，这原是很明白的事情。这种在人类社会中不晓得真理的人，是永远不会晓得真理的。试问在这种灵魂四周狂暴着的恶魔，是什么东西呢？不就是神圣的正义的外形吗？所以这种灵魂一无所见，亦一无所感。真理之外人的灵魂是全不晓得他们所受的刑罚的。就是上帝也无法来处置他们吃苦。"

巴福尼斯说道："上帝是万能的。"

那个女人回答道："上帝又不能胡乱干！要惩罚他们，便应当把他们启迪一番，看他们有没有真理，如果有的话，那么他们和上帝的选民是一般无二的了。"

充满着忧思、充满着恐惧的巴福尼斯重新俯向那无底的深渊里望一望，看见了尼西亚斯的影子，额头上戴着花圈，笑眯眯地，立在灰色的番石榴树下。尼西亚斯的旁边，立着那个米兰国的亚四拍西，身上穿着漂亮的羊毛大衣，仿佛一块儿在谈论恋爱和哲学，看他脸上的表情，柔和而又高贵，火焰的雨点落在他们俩的身上，他们俩只当作清凉的甘露。他们俩的脚走在火热的地上，竟像走在软软的草上一般，毫不介意。看见了这光景，巴福尼斯不禁愤怒起来了。叫道："上帝！把他打死！打呀！这是尼西亚斯呀！要他哭，要他呻吟！要他牙齿轧轧地咬起来！……他是和苔依丝一起犯了罪的呀！"

巴福尼斯突然醒了过来，看见他自己被抱在一个强健像海尔居勒的船夫的臂怀里。

"安静一点儿，安静一点儿！靠海神保佑！你睡着会乱动起来的。假使我不把你拉住，你早跌入安诺史督海里去了。正像我的母亲去卖咸鱼的事实，我救起你的性命也是事实呢。"

那个船夫这样叫着，把巴福尼斯在沙地上拖了起来。

巴福尼斯回答道："真心谢谢你。"

他就立了起来，向前走去，想着刚才梦中所见的情景，他自言自语道："这个梦境显然是坏的，梦里把地狱的情形毫不真实地显现出来，这是侮辱天主的仁慈，这个梦一定是从恶魔那里来的。"

他为什么这样想呢？这是他能够识别哪一种梦是从上帝那里来的，哪一种是从恶魔那里来的缘故啊。孤独的隐遁者老是被幻景包围着，所以这种识别力对于他们是很有益的。他们避开了世人，当然他们要遇见精灵了。沙漠里本来最多的是幽灵。当宗教巡礼者们走近隐士安东尼所隐居的废城时，他们听见一阵一阵嘈杂的声音，仿佛城市里庆祝之夜街上的闹声是恶魔想诱惑安东尼所弄的把戏。

巴福尼斯想起了这个值得纪念的前例。他又记起埃及的圣约翰①，六十年间，恶魔用着幻术来引诱他。圣约翰把地狱的奸诈者拆穿了。然后又一天，恶魔扮着一副人的面孔，走到可敬的圣约翰所住的窑洞里去，对圣约翰说道："约翰，你的绝食可以延长到明天晚

————————
①原译文为圣弱望。

上。"圣约翰当它是天使在说话，竟然听信了那恶魔，一直绝食到下一天晚课之后。这是黑暗国王（指恶魔）对于圣约翰的唯一的胜利，然而这种胜利也是渺小极了。巴福尼斯梦里所见的幻景，如果他立刻看出它是恶魔的，自然不必要有什么大惊小怪的了。

当他抱怨上帝抛弃了他，让他落在恶魔的势力里的时候，他觉得被一群向同一方奔走的人推着挤着。因为他好久没有走过城里的路了，所以他竟然像木块一般，给人家推来推去，推个不停，又因为自己绞住在自己衣裳的襞褶里，他感觉像跌扑了好几回了。他想要晓得这些人到哪儿去，便拉住一个人，问他为什么走路要走得如此的急急忙忙。

那人回道："你不晓得戏就要开场，苔依丝要上舞台了吗？市民都到戏场上去，我像他们一样也往剧场去。你同我一起去好吗？"

忽然想到，对于他的计划，去看看舞台上的苔依丝，这正是个好机会，巴福尼斯便跟着那个人走去。不久，那戏场呈现在他们面前了。巴福尼斯看见剧场的回廊里，装饰着璀璨的面具，巨大的圆形的像城墙一般的壁上，立着许多的铜像。他跟着大众，走进了一条狭长的走廊里，走廊尽头便展开着那灯光耀眼的观览台。他们在那一级一级走向舞台的一层上，占了两个位置。舞台上还没有什么戏子，但已经装饰得非常华丽。舞台上的一切，一点儿都没有被戏幕遮去。大家看见舞台上有一个土馒头，仿佛古人献给英雄的灵魂的土塚一般。这个土馒头在一片扎着军营的原野中间。荧幕之前是一动一动的镖枪。黄金的盾牌挂在旗杆上，旗杆的四周是月桂的枝权，橡树叶做的花冠。那舞台上一切都静默，仿佛睡去了似的。但是那个半圆形的大建筑中却坐满了看客，充塞着嗡嗡的声音，正像蜂巢里面的蜜蜂叫。红色的幕，长长的，波动着，映照在所有人的脸上，便使脸也红红的。这一切的脸，都带有点儿奇异的神情，望着那巨大的静静的舞台。舞台上是一个土馒头，是营帐，妇女们笑着，喝着柠檬水，从这一层到那一层，快活地遥远地互相谈话。

巴福尼斯在心里祈祷，一句话也不愿意说，但是坐在他旁边的同来的人倒感慨起喜剧的衰颓来了。他说："从前的名角，戴着假面，都能朗诵欧里比得斯①和梅朗特的诗词，现在的人都不会背诵这种戏曲了，只会学学那种表演。在雅典的地方，排其史（酒神）所引以为荣的神圣的喜剧只剩得一点儿连野蛮人斯基泰也能懂得的东西了，只剩得一点儿形式和手势留给我们。为要声音响亮，嘴巴的一部分镶着铜片的悲剧的假面，表现高大的天神时所用的高跷，悲剧的威严，以及美丽的诗句的歌曲，通通都失去了。做姿势的戏子，舞蹈的女戏子，赤裸裸不加假面的脸便代替了保里史和洛西于史。如果伯里克利时代的雅典人，看见一个女人到舞台上来表演，不知他们将要说什么话呢？一个女人呈露在公众面前，是可耻的事。但是我们对于这种的悲叹，已经是极退化的了。

"女人是男子的仇敌，大地的耻辱，这是真的，像我的名字叫杜黎红一样的真。"

"你说得很不错，"巴福尼斯回答说，"那是我们最恶毒的敌人。女人能给男子以欢乐，但是就因为她能给人以欢乐，所以是可怕的呀。"

杜黎红叫道："女人给予男子的不是悦乐，却是忧伤，扰乱与黑暗的烦恼。爱情是我们顶顶难堪的苦痛的原因。朋友，我来讲给你听，我年轻的时候，到亚尔各里特的德来站的地方去，我在那儿看见一棵巨大的番石榴树，树叶上尽是针刺的小孔。关于这棵树，德来站人有段传说，据说女人泛特儿，当她爱着意宝里德的时候，终日无

①原译文为安里比特。

聊地睡在这棵树下，就是现在，这棵树，我还可以看见。在百无聊赖之中，她便拔了那压发的黄金发饰来刺那树叶，刺那生着香喷喷小果子的树叶。于是片片叶子都被刺上了许多小孔。这种不义的恋爱，后来失败了，你也知道的，泛特儿就很可怜地自杀了。她自己关在和忒修斯王结婚的房间里，将她的黄金的带子系在一个象牙的栓子上，就吊死在那带子上了。天上的诸神，因为这棵番石榴树证明那残酷的惨剧，所以要这棵树新生的叶子上也生着许多的针孔。我采了一片这样的叶子，把它放在我的床头，使我一看见这片叶子，就警惕自己，使自己勿堕入恋爱的热情里，并且使我坚定地信仰我师伊壁鸠鲁的信条，我师教训我说情欲是极可怕的。但讲到实在，恋爱这件事是一种肝脏病，我决然不能说，我绝不会生这种病的。"

巴福尼斯问道："杜黎红，那么什么是你的快乐呢？"

杜黎红忧伤地回答道："我只有一种快乐，就是冥想。我也知道这种快乐，没有什么活气的，但是胃不好的人，实在也没有别的快乐可寻了。"

最后几句话巴福尼斯听了之后，细细辨味一回，便想引诱这个伊壁鸠鲁的信徒去冥想得到精神上的欢乐。他开始说："杜黎红，你来听那真理，接受那光明。"

当他这样子嚷着的时候，他看见各处的人头，各处的手臂都转向着他，叫他不要开口，剧场上便一无声息，不久雄壮的音乐突然响起来了。

戏剧开始了。看见军队从营帐里出来了。他们正预备出发的时候，突然见一块乌云，像有一种不可思议的力量推动着，乌云包裹了那个土馒头的顶。后来，乌云散了，便见阿喀琉斯 [①] 的幽灵出现

①原译文为亚其尔。

了，周身穿着黄金的甲胄，对着军队们伸出手臂，仿佛对他们说道："什么！你们出发了吗？达那乌斯①的儿子们，你们回到我永不能看见的祖国去，让我的坟墓留着，一无祭品了吗？"希腊军队里的重要首领们都挤到坟墓的脚边来了。忒修斯②的儿子阿加那斯③、老涅斯托尔、阿伽门农都来观看那不可思议的奇事。阿喀琉斯的小儿子皮洛斯④跪在尘土之中。奥德修斯的帽子里露出一圈一圈的头发来，人家才认出是他。他做着手势赞颂那英雄的幽灵。他与阿伽门农⑤在争论，他们说的话，猜起来是如此的："阿喀琉斯在我们的中间，是值得敬重的！"伊塔克⑥的国王说："他是为了希腊而光荣地死了的，他要求把普里亚姆⑦的女儿、处女波利克赛娜⑧牺牲在他的墓上。达那乌斯的人民呀，让英雄的幽灵满意一回吧，让贝雷⑨的儿子在哈台史的王国里也快活一回吧。"

但是诸王的领袖回答道："我们从祭坛上夺了处女们来，让她们的性命保全了吧，我们对于普里亚姆的素著声誉的家族，已给了不少的不幸了。"

他之所以如此说，是因为他和波利克赛娜的姊姊同床过了，那个聪明的奥德修斯便骂他说，与其爱好普里亚姆的女儿客桑特，毋宁尝尝阿喀琉斯的镖枪。

①原译文为达那洼史。
②原译文为台山。
③原译文为亚加那。
④原译文为比吕史。
⑤原译文为亚格孟龙。
⑥原译文为意察格。
⑦原译文为泊里亚姆。
⑧原译文为保里克。
⑨原译文为丕来。

希腊的军士们没有一个不赞许奥德修斯的话的，他们便举起武器，相击作声以示赞成。波利克赛娜的牺牲是已经决定了，已经满意了的阿喀琉斯的幽灵随即消失。那音乐，有时是激怒，有时是凄楚，完全跟着戏中人物的思想。观众们都拍手赞美那音乐。

巴福尼斯把这出戏来和神的真理相比较，喃喃地说道："呀，光明呀，浮在异教徒头上的黑暗呀！上帝之子的救世的牺牲在各国宣扬，恐怕各国的人民，都要粗莽地想象它和这舞台上所表现的牺牲相类似吧。"

那个伊壁鸠鲁的信徒说道："无论哪一种宗教都是播种罪孽的。幸而有了个极智慧的希腊人，将人类从那对于未知的徒然恐怖中解放了出来……"

那个满头白发、衣衫褴褛的海居白，这时却从她被拘囚着的营帐里走了出来。看见这个不幸者出来时，看戏的人都为之深深地叹了一口气。海居白从一个预言的梦里，知道女儿要死了，她叹息着女儿的不幸，她又叹息着自己的不幸。奥德修斯已经立在她的旁边，向她要波利克赛娜了。这个老母亲抓乱了自己的白发，抓破了自己的面颊，她吻着这个残酷无情的男人的手。但那男子仍是毫无怜悯，仍是很冷静，仿佛对她说："海居白，聪明一点儿，对于必要的，还是让一步吧。我们的屋子里也有年老的母亲，痛苦着她们的儿子永远睡眠在意达山的松树下面了。"

从前做荣华的亚洲的女王，如今变为奴隶的客奏特，将她不幸的头磕在尘土之中，为她妹妹请命。

但是这时，那营帐的门帘拉开了，走出了那个处女波利克赛娜来，看戏的人一齐都打了个寒战。他们认识那个苔依丝。巴福尼斯也看见她了，正是他要来找寻的她。她雪白的臂膊托住她头上的重重的门帘，一动也不动，仿佛是一座美丽的雕像。她只用着她碧青的眼睛，平静地望着她的四周，温柔而又高贵，她把美的悲剧的动感给予了一切看客。赞叹的声音一阵一阵起来了。心乱魂惊的巴福尼斯这时用手捧着他的心，叹息道："呀！上帝！你为什么竟把这样的力量赐给你的一个创造物呢？"

比他较为镇静的杜黎红说道："合成这个女人的原子聚拢来，确然弄出一个很悦目的组合来了。但这个也不过是自然的游戏罢了。这种原子自己也不知道自己所做的是什么。到了一天，这种原子，将如它们集合时一般，同样毫无顾虑地分散了。请问形成拉衣史的，形成克里奥帕特拉的原子，现在到哪儿去了？女人常有很美的，这事我不否认，但是她们总是被可怜的薄命、讨厌的烦累所征服。庸俗的人绝不会注意到此，只有那具有冥想的心的人才会想到。女人常使我们感到恋爱，虽则我们去恋爱她们或许是做了呆子也未可知。"

哲学家杜黎红和宗教家巴福尼斯的眼睛望着苔依丝，心里却各有各的思想。他们没有一个看见海居白已转向自己的女儿，做出种种姿势来，仿佛对她说："请试着把这残酷的奥德修斯的心理变换过来吧，请你说到你的眼泪，说到你的美丽，说到你的年轻吧！"

那个苔依丝，不如说就是波利克赛娜本人，放下了托着门帘的手，让门帘自己落了下来。她向前走一步，所有的人的心就都被她征服了，当她用着高贵的轻轻的步子走向奥德修斯去的时候，她的动作的旋律，伴着箫笛的声音，不禁令看客们都想象这是最为幸福的东西了，又仿佛她便是世界上一切调和的中心。看客只看见她一个人，其余的一切都像消失在她的光芒里了。戏曲的情节继续进行着。

拉爱尔托的聪明的儿子旋转了他的头，避去那女人的眼光，将手藏在他外套下面，免去哀求的亲吻。那个处女却叫他不要惊怕，她的平静的眼光像对他说："奥德修斯，为了服从那必要起见，我是跟从你的。我本希望死，我是普里亚姆的女儿，海克托的妹妹，我的床，从前说过的，是要迎接国王来安寝的，决不招待异国的主人。所以我现在自愿，永远抛去了白天的光明。"

僵卧在尘土中的海居白突然站了起来，绝望地抱着她的女儿。波利克赛娜既坚决又温柔地将母亲抱着她的臂膊拉开了，仿佛听见她说："母亲呀，你不要自己送给主人去虐待了。你抱着我，他便要粗暴地将你扯开去的，你不要等他来动手吧。亲爱的妈妈，你远不如把你满是皱纹的手伸到我面前来，你不如把你衰老的面颊按在我的嘴唇上。"

苔依丝因为脸上表现着苦痛的神情，便更加显出她的美丽来了。看客们看见这个女人把一种超人间的优美，放在人类生活的形态与动作之上，真是不胜感激之至了。巴福尼斯想到她最近的、将来的屈从，也就宽恕了她如今的光耀，又想到他是要把这圣女献到天上去的，自己不禁预先感到一种光荣。

那个戏快要完场了，海居白死人一般倒在地上。波利克赛娜跟着奥德修斯走向那四周绕着挑选出来的军队的坟墓区。依着丧葬曲的歌声，她登上那个土馒头了。幕顶上放着一只金杯，阿喀琉斯的儿子在那杯子里注了酒，献给英雄的幽灵。

当那祭祀者伸起臂膊来，要抓住她的时候，她便做了个手势说，要自由地死，因为她的家族代代是做国王的。后来，她将自己的衣裳扯碎了，露出那个胸口来。皮洛斯便旋转了头，不要看见她，把剑刺入她的胸口。那处女的胸口上是装着很巧妙的札梏的，剑一刺下去，就涌出许多的鲜血来。处女的头向后一倒，两只眼睛在死的恐怖里游着泳，接着整个身体端正地扑倒在地上了。

军士们把百合花、秋牡丹铺在牺牲者的身体上。这时看客们惊呼号泣的声音把空气都划碎了。巴福尼斯站在他的座位上，用着响亮的口声做预言道："异教徒们，礼赞魔鬼的恶人！你们这种比偶像崇拜教徒更坏的亚里亚尼教徒呀！来受一点儿知识吧！刚才你们所看见的是一种幻景，是一种象征。这一个寓言中间是包含着一种神秘的思想的。你们所看见的舞台上的女子，不久就要成为幸福的贡献品，去贡献给复活的上帝了！"

这时群众已像黑色的波涛一样流向出口处去了。巴福尼斯撇下了惊呆了的杜黎红，挤到出口处，还要去说他的预言。

一小时后，他去叩着苔侬丝的家里的门了。

那时候，这个女优是住在接近亚历山大大帝的坟墓的那边，拉公地的街上。这是专住富人的区域。她所住的屋子四周都有树木茂盛的庭园，园中有假山，还有小河，河边种着杨柳。有一个年老的女黑奴，戴着金圈的女奴隶，走来开门了，询问巴福尼斯有什么事情。

他回答道："我要看苔侬丝，上帝做证，我到这儿来只是为了要看她。"

因为他身上穿的是华丽的衣衫，说话又极其威严，那个奴隶便领他进去，说道："苔侬丝是在银府的石屋子里，你可以到那儿去见她。"

纸草篇

　　苔依丝的爷娘虽不是奴隶，但是很贫穷，非常信奉偶像教。苔依丝童年的时候，她的父亲在亚历山大城月门附近，经营着一家酒店，店里的老主顾，便是那种水手们。她童年时的记忆，零零碎碎的还有若干，很鲜明地留在她的心里。她还记得看见她的父亲坐在炉灶旁边壁角里，腿架在腿上，身子很巨大，有点儿可怕的样子，但是很镇静，正像一个法老王，盲人们在十字街头唱着哀歌来赞美的法老王。她又记得看见她的母亲，瘦弱忧愁的，常像一只饿猫似的在屋中走个不停，嘴里喊出尖锐的叫声，眼中射出磷火样的光芒。附近的人都说她的母亲是个魔术师，到夜间，变作红鸟，去会她的情人们。这是胡说，苔依丝很明白，因为她屡屡暗中留心母亲，却全没有看见母亲去使什么魔术。但是母亲非常的贪财，整个夜间计数着白天的收入。父亲是懒惰成性，母亲又这样贪婪，于是便让她像家畜场里的畜生一般地长大。她唱着稚气的歌谣，讲着种种自己还不懂得意味的龌龊的话来讨酒醉的水手们的欢喜，同时她便很熟练地从他们的腰带里，将一个个小钱偷出来。充塞着发酵了的醇酒的气味、脂膏的气味的店堂里，她轮流地去坐在一个个男人的膝上，她的面颊让喝饱啤酒的嘴来亲吻，让粗硬的胡子来触刺。等到她的小手里拿到了几个小钱，她便挣脱了水手的手，奔到月门那边去，那儿躲着一个老妇人，面前放一个卖蜜糕的篮子，她就去买蜜糕吃。水手们在酒店里老是讲着东风摇动海底海草的时候，他们遇着怎样的危险，接着他们便玩弄骰子，咒骂着天神，要拿西丽西的最好的啤酒来喝。这种情景是天天一样的。

每天晚上，这个睡着的女孩子常被酒徒们的喧哗所闹醒。在那扰动呼唤的声音中间，牡蛎的贝壳在台子上面飞舞起来，于是将人的额头都打破。有时从那烟雾腾腾的灯光里，她还看见刀光闪起、鲜血横流的情景。

她幼年的时候，全靠那个温柔的阿美斯① 才知道了人间的爱。她最听从阿美斯的话，阿美斯是她家里的一个黑奴，吕皮耶地方的人，面孔比他郑重收拾着的锅子还要黑，性质却像睡眠的黑夜一般良善。他常常让苔依丝坐在他的膝上，讲故事给她听。那种故事大抵讲述贪婪的君王如何在地下埋了无数的宝藏，待至宝藏埋好就把工匠们杀死。又讲述智巧的盗贼如何与那建筑金字塔的女王以及宫女们结婚。幼小的苔依丝爱阿美斯像一个父亲，像一个母亲，像一个保姆，又像一条狗。她拉着黑奴的短裤，跟着走到放酒甏的酒窖里，走到家畜场中。那家畜场中瘦弱的雌鸡，喙呀、爪呀、羽毛呀通通凶狠狠地愤怒地逆立起来，比鸢还要伶俐地飞奔着，躲避这个黑奴厨子的刀子。夜间，黑奴常常不去睡觉，坐在草藁上，为苔依丝做那小水车，做那手掌一般大的、用品样样俱全的小船。

———————————
①原译文为阿美师。

40

因为被主人虐待，他的一只耳朵是被扯碎了的，身上满布着伤痕。然而他的面庞总保持着一种快活平和的神情。在他周围的人却没有一个想到他的灵魂如何会得到那样的安慰，他的心如何会得到那样的平静。他是和小孩子一样单纯的。

做着他粗笨的工作的时候，他用着悠长的声调唱着赞美歌。那歌声将感动与幻梦流送到苔依丝的灵魂里了。他的庄严而快活的声音轻轻地唱道："玛利亚，请告诉我们，在你来的地方，你看见了什么呢？

"我看见了丧帷与麻布，我又看见了天使坐在坟墓上。

"我看见了复生的基督的荣光。"

苔依丝便问他道："爸爸，你为什么唱着天使坐在坟墓上？"

他答道："我的眼睛里的小小的光明呀，我歌唱着天使们，因为耶稣，我们的主升到天上去了。"

阿美斯是一个基督徒。他是受过洗礼的，在信徒们中间，大家叫他旦华陀儿。他常常利用睡眠的时间，偷偷地去参与信徒们的集会。

那个时候，基督教还受着非同寻常的折磨。皇帝的一道命令，巨大的教堂便被捣毁，圣书便被焚烧，祭器和烛台便被熔化。一切的荣誉都被剥夺，基督教徒只好等死。恐怖布满亚历山大信徒们的头上，监狱里堆满了牺牲者。在信徒们中间，大家都恐怖地讲着不论在叙利亚，在阿拉伯，在美索不达米亚，还是在客拍独史，总之凡是帝国权力所到的地方，总有鞭子、刑具、铁蹄、十字架、猛兽来虐杀司教者和童贞女的事实。其时，安东尼已经以隐遁生活和看见幻景这两件事闻名于世了，他做了埃及的信徒们的领袖和预言者。像老鹰从荒凉的山岩的绝顶飞下来一般，他飞到了亚历山大的城中，在各个教堂里赶来赶去，用着他信仰的火焰来助长全部信徒们的勇气。异教徒虽然看不见他，他对于基督徒的集会却总是出席的，他将自己奋起的德行与精力吹入各个信徒的心中。那时对于奴隶的迫害特别严酷。奴隶中间，有许多人因为被恐怖所征服，便抛弃了他们的信仰。还有大多数的奴隶，逃到沙漠里去，就想在那儿生活，或者是去做隐士，或者是去做强盗。但是阿美斯却还是依照参与集会者的习惯，常常去与会，又去访问被捕的同道，又去埋葬殉道的人，又很快活地去宣扬基督教义。伟大的安东尼知道黑奴这种真实的热诚，所以在他回到沙漠里之前，将黑奴抱在怀中，给黑奴一个和平的吻。

当苔依丝七岁的时候，阿美斯才和她讲到天主。

"良善的天主，"他说，"住在天上的，像一个法老王住在宫殿中或者住在庭园中树木下一样。他是古人的古人，比这世界还要年纪大。他只存一个儿子，叫作耶稣。他用他整个的身心来爱他的儿子。他的儿子会把那奉侍天主的贞女和天使都变得美丽。

"然而良善的天主对他的儿子耶稣说：'你离开我的宫殿，离开我的海枣树，离开我的活的泉水。为了人类的幸福，到地上去。地上，你将如一个普通的小孩子一样；你将在穷人中间过着贫穷的生活，痛苦便是你每天的面包。你将哭泣，哭泣到眼泪成为河流。那么疲乏的奴隶便将轻快地在你的泪河里沐浴。去吧，我的儿子！'

"耶稣听从了良善的天主，降生到地上来，那降生的地方是犹太国的伯利恒。他和同伴们散步于开着秋牡丹的牧场上时，对同伴说道：'饿肚皮的人有福气，因为我将领他们到父亲的饭桌边去！口渴的人有福气，因为他们将来能够喝着天上的泉水！哭泣的人有福气，因为我将用着比叙利亚女王们的面纱更柔软的纱来揩拭他们的眼泪。'

"因此穷人都爱他，信仰他。但是富人却恨他，恐怕他把穷人提高到富人的上面。那时正是克里奥帕特拉和恺撒掌权的时候。他们俩都怨恨耶稣，他们俩命令审判官和僧侣们把耶稣处死。叙利亚的王子服从埃及女王的命令，在一个高山上树立一个十字架，他们把耶稣弄死在十字架上。有若干妇女将耶稣的身体洗了个干净，把他埋葬。但是耶稣把坟墓的顶掀开了，重新回到他父亲天主的身边去了。

"自从那时候起，凡是为了耶稣而死的人都升到天国。

"天主伸开臂膊，对他们说道：'欢迎你们，你们都爱我的儿子。你们去洗个澡然后回去吃饭。'

"在美妙的音乐声中，他们去洗澡。当吃饭的时候，他们将看见印度舞女跳舞，他们将听见说话人讲述永无了结的故事。良善的天主爱他们比爱他自己的眼睛还深厚，因为他们都是他的客人。他们将分得他卧室里的被褥，他们将分得他庭园里的石榴。"

像上面那样的说话，阿美斯讲了许多回，苔依丝于是也知道了真理，她感叹说："我很想吃到好天主庭园里的石榴呢。"

阿美斯回答她道："只有依耶稣之名而受着洗礼的人，才吃得到天国的果子。"

苔依丝于是要求受洗礼。黑奴看见她在耶稣之中已看出希望来了，便决心更加深刻地教导她一番，好使她受了洗礼去进教堂。他把她当作精神上的女儿，和她十分亲近。

苔依丝老是被她无理的爷娘赶开一边，在家里连一个睡觉的床都不给她。她常常睡在家畜棚的一隅，和畜生在一处。每夜，阿美斯总偷偷地到那儿去看她。

他轻轻地走到她卧着的毯子边，接着他屈了腿，蹲在地上，上半身是笔直的，完全一副黑种人遗传下来的姿势。他的身体，他的面孔，包裹着一张黑皮，在黑暗里一点儿也看不出来。只有他的两只大眼睛，雪白的，闪射着光芒，正如天刚亮时从门缝里射进来的光线。他用着悠扬的口气讲话，轻轻的鼻音，正如我们晚间在街上听见的音乐，带着一点儿忧伤的甜软。有时，驴子的呼吸声、牛的温和的叫声加在说福音的黑奴的声音里，正像暗淡的心的一部合唱。他的言语，在那含着热情、慈悲与希望的黑暗中，静静地流动。苔依丝的手握在阿美斯的手里，听着单调的声浪，望着模糊的幻景，在那黑夜的调和、圣洁的秘密以及屋梁间漏下来的星光的包围中，她便平平静静微笑着睡去了。

阿美斯这样地教养苔依丝，到基督徒们欣喜地迎着逾越节的时候，已足足有一个年头了。却说在这光荣的一周间的节期里，某日的夜间，苔依丝早已睡熟在那家畜棚里的毯子上了，忽觉得被黑奴抱了起来，看见他的眼睛里闪着一种新的光芒。他身上全不像平日那般穿着褴褛的短裤，而是穿了一件白色的长袍。他把女孩子抱在袍子里，轻轻地说道："来呀，我的灵魂！来呀，我的眼睛！来呀，我的小心肝儿！来穿着洗礼之晨的衣衫。"

他紧紧地将女孩子抱在他的胸口。惊奇着的苔依丝，头露出在袍子外面，两手抱着她的朋友的头颈，由她的朋友抱着在黑夜里奔跑。他们从黑暗的小路里走，他们穿过了犹太人的区域，他们沿着那斑鸠叫出凄声来的墓地行走，他们走到十字街头，从一个十字架下经过。那十字架上还挂着受刑者的尸体，一群乌鸦正运用着嘴巴在啄取尸臂上的肉。苔依丝将头缩到黑奴的胸前。她再不敢观看路上其余的东西了。突然间，她像觉得走到地下去了。她睁开眼睛来时，她看见已在一个狭小的墓穴里了，火炬照耀之中，描在墙上的巨大的直立的人像仿佛都活了。看见那儿是许多男子像，立在小羊、鸽子、葡萄藤中间，身上穿着长衣，手里拿着棕榈树枝。

在这许多画像中间，苔依丝认识一个拿撒勒①的耶稣像，脚下是画着秋牡丹花的。那房间的中央，水满到边上的一个石槽的旁边，站着一位老人家，头戴司教的帽子，身穿红色绣金的助祭服。瘦削的面孔挂着长长的胡须。他虽然衣服穿得华贵，仍有一种谦虚温和的神情，这是西兰纳地方教堂里的司教维旺狄斯②。自从教堂受了压迫，他被驱逐出外以来，他便学了织工的蜡业，用山羊毛来织粗衣裳，以维持他的生活。此刻，他的两旁站着两个贫穷的孩子。他的身边有一个老年的女黑奴，手里拿着一件展开着的小小的白衣裳。阿美斯将苔依丝放下来，立在地上。他便去跪在司教的面前，说道："我的神父，这是我的小灵魂，是我灵魂的女儿。我领她到你面前来，照你的约束，如果你心里欢喜，请赐给她生命的洗礼。"

司教听了这几句话，便伸开他的臂膊来，只见他的两只手上全是伤痕。原来基督教受着压迫的时候，因为他公然宣言他的信仰，他的指爪都被剥去了。苔依丝看见有点儿害怕，便逃到阿美斯的臂怀里。神父便用着温柔的言语来安慰她道：

"可爱的小女孩，不要惊怕。此地有你灵魂的父亲——阿美斯，信仰天主的真正活着的人都叫他旦华陀儿的。你还有个温良的母亲，她是以慈悲为怀的，她已亲手替你做了一件白衣裳。"

他将身体转向女黑奴，仍对苔依丝说道：

"你这母亲名叫尼蒂达③。虽然她在世上是个奴隶，但是耶稣却在天上把她列入他的妻子中间。"

---

①原译文为察兰史。

②原译文为维旺帝司。

③原译文为倪低达。

接着他问那要信仰基督的女孩子道：

"苔依丝，你相信全能之神上帝吗？你相信上帝的唯一儿子为了解救我们而死的吗？你相信使徒所教训的一切吗？"

手握着手的男女两个黑奴一齐答道："是的。"

照着司教的命令，尼蒂达跪了下来，将苔依丝的衣服完全脱去了。女孩子赤身裸体，头颈里挂着一个护符。司教便把女孩子在洗礼槽里浸了三浸。两个穷孩子呈上那圣油和食盐来。维旺狄斯便拿圣油在女孩子身上一涂，取了一粒盐放在她的嘴里。做过了这许多试炼以后，得到永生的这个女孩子的身体已拭抹干净了，黑奴尼蒂达便将她亲手制造的白衣裳给女孩子穿上去。

司教给每人一个和蔼的吻，洗礼的仪式告终了，他便脱去了司祭服。

当他们一齐走出地下的圣堂时，阿美斯说道："今天我们将一个灵魂送给良善的天主，我们应该快活快活，维旺狄斯神父，我们到你家去吧，我们去快乐到天亮吧。"

司教答道："且华陀儿，你说得不差。"

他便领着这一小队的人到附近的家里去。他的家只有一间房间，两架纺织机，一张粗俗的台子，一张用旧的毯子。他们走进房里去时，阿美斯叫道："尼蒂达，你去拿锅子和油瓶来，我们来烧一顿好夜饭来吃。"

他这样子讲着，便从他的衣裳下面，拿出他藏着的几条小鱼来。接着他生起了火，把小鱼来油煎。所有的人，司教、苔依丝、两个穷孩子、两个黑奴，都在毯子上坐下来，坐成一个圆形，祝福着天主，大家吃鱼。维旺狄斯讲述他自身所受卫道的痛苦，又预告教会不久就要胜利。他的言语虽则粗糙，但是充满有趣的字眼以及比喻的句子。

他用红色的布匹来比喻正直的生活，关于洗礼的道理，他又说明道："圣灵是浮在水面上的，所以基督徒要在水中受洗礼。但是恶魔也是住在小河流上面的。供给妖精们所住的泉源又是非常可怕的，有几种水简直使人害着身体上和灵魂上的种种疾病。"

有时他讲着谜语，于是引起苔依丝非同寻常的赞美。待至宴会告终之时，他请每个人都喝一点儿葡萄酒。大家都很欢喜，开始唱起悲歌和赞美歌来了。阿美斯和尼蒂达站起身来，跳起他们俩从小就学会的吕皮耶的舞来了。这种舞，在吕皮耶民族间，大抵在开天辟地的时候就有了，是一种爱情的舞，依着步伐，摇动着臂膊，摇动着身体，两人互相装作追找和逃避的样子。他们滚动着巨大的眼珠，在微笑中，露出闪光的白牙齿。

如此这般苔依丝受了洗礼。

她最爱种种的游戏，并且年纪一年一年大起来，她心上便生出了种种渺茫的希望。她整天和街上游荡的小孩子们排成圆形跳舞，唱着歌谣。等到夜间，她回到家里去时，嘴里还唱着：

——督尔低·督尔提，守着你的家究竟为什么呢？
——我将米兰的丝和羊毛来分理。
——督尔低·督尔提，你的儿子怎么死的？
——从白马的背上，跌下来，跌入了海里。

从那时候起，她觉得和男女孩子做伴比和温柔的阿美斯在一起还要好了。因此阿美斯比从前少到她的身边去，她也全不觉得了。那时对于基督教的压迫渐渐宽松了，基督徒的集会于是愈加多了起来。黑奴非常热心地去出席。他的热忱一天高过一天。神秘的威吓时时从他的嘴里漏出来，他说富人将不能永保他们的财产。他又走到那贫穷的基督教徒所集聚的广场上，在那儿有不少的老年人、少年人挤在那旧墙壁的阴影里，他便对他们演说奴隶的解放以及起义的日子就在眼前等。

他说："在上帝的国土里，奴隶们喝着新鲜的葡萄酒，吃着鲜美的果子，至于富人呢，像狗一样困在奴隶们的脚下，吃着奴隶们的残羹余粒。"

像这种话语也不守秘密，公然传到四乡去。有奴隶的主人们于是都怕阿美斯去煽动奴隶起来反抗。酒店的主人对他也起了一种深刻的憎恶，但是表面上还是装得若无其事。

有一天，一个贡献于神龛的银盆，突然在酒店里失踪了。被主人和本国的神灵所憎恶的阿美斯被告发了，说那张银盆是他偷的，阿美斯盗窃银盆的证据却一点儿也没有，他也极力否认盗窃的行为。然而审判官以为阿美斯就是不犯盗窃之罪，至少也是个不良奴隶，竟宣告他死刑了。审判官对他说道："你的两只手，既然不晓得好好地使用，就钉在刑架上吧。"

阿美斯很平静地听着这个判决，他非常恭敬地向审判官致谢。他于是被送入牢狱里去了。在狱中三天，他时时向囚徒们讲述福音，据说从此那牢狱的犯人，甚至监狱的警卒，都为阿美斯的话所感动而相信了钉在十字架上的耶稣。

他被人家押送到十字架街头了。就是这十字架街头，不满两年之前，一个夜间，他在他的白衣裳里抱着他灵魂的女儿，他最爱的鲜花——苔依丝，很轻快地走过。他现在被钉在十字架上了，双手都被钉着，他却一点儿也不喊痛苦。他只是几次叹息说："我口渴呀！"

他被钉在十字架上已经过了三天三夜。我们想不到人类的肉体能够忍受这样长久的酷刑。人家已经是几次想死的了，苍蝇吃着他的眼屎，但是他会突然再睁开他充满血的眼睛。到第四天的早上，他唱起歌来，那声音比小孩子的声音还要轻灵："玛利亚，请告诉我们，在你来的地方，你看见了什么呢？"

接着他微笑着说道："看呀，这儿是良善的天主身边的天使！他们带那葡萄酒和果子来给我。他们的羽翼振动得何等的好听呀！"

他断气了。

死了之后，他的面孔还保持着十二分欢乐的表情。守护着刑架的兵士们也不禁感叹了。维旺狄斯伴着几个基督教的弟兄，来要求取回那个尸体，和殉道者的遗骨放在一处，去埋葬在施洗圣约翰的圣墓里。教堂也保存了这个吕皮耶人圣旦华陀儿的可贵的纪念。

三年之后，麦克桑司的征服者，皇帝君士坦丁宣布一道上谕，说与基督徒真正讲和，此后，基督徒除了为异教徒所受的苦恼以外，不受任何迫害了。

当阿美斯死在苦恼里的时候，苔侬丝十一岁的年纪已告终结了。她因阿美斯之死感到一种忧伤，一种不可克制的恐怖。然而她的灵魂还不够清明，还不能了解奴隶阿美斯的生与死是一个有福音的生与死。她的小小的灵魂里便生了一种观念，以为要在世上做良善的事情，一定要以偿付顶可怕的痛苦为代价。她便怕为善，因为她的嫩皮肤是经不起苦痛的。

她年纪还未达到成熟，就委身于海港里的少年了，她又跟着老年人在夜间到四郊去乱闯乱走。从那种男人身边取来钱，她就去买蜜糕和化妆品。

因为她弄到的钱，一点儿也不拿回家去，她的母亲便用种种方法虐待她。为了避免吃鞭子，她甚至赤了脚逃到城墙上去，和蜥蜴一起藏在石缝里。在那儿，她看见轿子抬过的妇女们，轿子装饰得非常奢华，四周还有一群奴隶守护。她非常羡慕，便常常想着这种豪奢的妇女。

有一天，母亲打她打得比平日更凶，她蹲在门口边，一动也不动，以示强项，那时走来一个老婆子，站在她面前，静静地望了她几分钟，接着便叫道："呀，真是鲜花一般的、好美丽的小姑娘！要替你找个女婿的你的父亲、生下你来的你的母亲真是幸福呢！"

苔依丝一声也不响，眼光死盯在地上。她的眼眶绯红，人家一看就知道她哭泣过了。

"我的可爱的白槿花！"那老婆子又开口了，"有你这样一个仙女般的女儿，你的妈妈竟不觉得幸福吗？你的爸爸看见你，他心里竟不觉得欢乐吗？"小姑娘开口了，但是仿佛讲给自己听的一般："我的爸爸是一个酒囊，我的母亲是贪财的吸血的蚂蟥。"

那个老婆子西看看，东望望，看看有没有人在近边，接着她柔声和气地说道："温柔的鲜花，饮着光的漂亮的姑娘，你来和我住一处吧。你只要跳舞微笑，就能够生活了，我将用蜜糕来养你，而且我的儿子，我的亲生儿子，将爱你如爱他自己的眼睛。我的儿子，长得漂亮呢，而且年轻，他的下巴上只有薄薄的胡须，他的皮肤又很细软，正如人家说的，像一头亚夏尔奈的小猪呢。"

苔依丝便答道："我很愿意和你一起去。"

她便立起身来，跟着那个老婆子走到城外去了。

这个老婆子名叫莫洛埃①，她训练一班男孩子、小姑娘，教他们跳舞，领他们到各处地方，出租给商人，叫他们去宴会陪人玩乐。

---

①原译文为莫洛爱。

猜到苔侬丝不久就要长成最美丽的姑娘，那个老婆子用鞭子来教她音乐和唱歌。苔侬丝美丽的腿不能和竖琴的声音合拍时便用皮条来抽打。莫洛埃的儿子，身体远没有成长，却已老恙了，是一个看不清年纪、分不清性别的东西。他将他对于女性全体的憎恶，完全用到苔侬丝一个人的身上去。做了舞伎们的对手的他，学习舞伎们的风姿的他，便把种种无言剧里装腔作势的艺术、面部的表情、手足的姿势、一切人类的感情，尤其是恋爱的热情，通通教给了苔侬丝。他一面是一副讨厌的神气，同时又像巧妙的老师般地教训她。但是他又妒忌这个女门生，便抓她的脸颊，掐她臂膊上的肉，又像看见了她是专为讨男人的欢乐才生活着的，便像顶恶毒的妇人一般，用着钢锥向着苔侬丝的背后猛刺几下。靠了他的教导，苔侬丝将装腔作势、音乐、跳舞，都学得极好。主人的恶毒也一点儿不使她惊恐了，反而她觉得像是应该受人虐待的。对于那个懂得音乐，喝着希腊酒的老婆子，并且有点儿钦敬了。周游各地的莫洛埃到了汪底洼旭地方，便把苔侬丝当作舞伎，当作吹笛手，出租给当地的大开筵席的富商们。苔侬丝的舞蹈大受欢迎。等到宴会过后，顶大的银行老板们便领着苔侬丝到洼龙德河岸的森林里去，她一点儿也不知道恋爱的价值，委身于一切的人。有一个夜间，她正在当地的最富贵的少爷公子面前跳舞的时候，有一个年轻富丽的男子走近她的身边来了。原来这青年是总督的儿子。他对她说道："苔侬丝，我为什么不做了扎紧你头发的花冠，不做了包着你娇爱的身体的衣衫，不做了穿在你美丽的脚上的鞋子呢！我愿像鞋子一般，被踏在你的脚下，我愿我的抚爱变成为你的衣衫、你的花冠。来吧，美丽的小姑娘，到我家里去吧，把世界的一切都忘了！"

　　当他讲话的时候，苔侬丝眼望着他，她看见他很美丽。突然间她觉得头上有一点儿冷汗，她的面色变青了，青得像青草一般，她的身体摇摇欲坠，眼皮上像罩住了一片云雾。那青年还是请求她。但是她决绝，不愿跟他。他突然热烈地望着她看，突然讲着热烈的话。当他将她抱在臂怀里，强迫她跟他去的时候，她猛烈地将他推开了。他于是向她哀求，流出眼泪来给她看。但是她不知哪里来了一种新的不屈不挠的力量，她竟反抗了他的压迫。

"真是痴愚！"宾客们都说，"洛里尤斯^① 是一个贵族，他长得好看，他有的是钱，这儿一个吹笛的女人倒看不起他！"

洛里尤斯一个人回到家里，那一夜间，恋爱的热情竟把他整个的身心都包裹了。到了翌日的早上，他面孔发青，眼睛发红，拿了鲜花来挂在苔依丝的门上。苔依丝因为昏乱与惊恐，对洛里尤斯避而不见，然而在她自己的心里却时时看见洛里尤斯。她觉得很痛苦，但不晓得痛苦的原因。她自己询问为什么她会如此这般地变了，她的忧伤究竟是从什么地方来的。一切的情人，她通通拒绝不见。因为这一切情人已使她觉得恐怖了，太阳光都看不见了，她终日横在床上，将头埋在枕头中痛苦着。懂得启开苔依丝的房门的洛里尤斯已几次来恳求她、诅咒她了。但在他面前，她恐惧得像一个处女，连连说道：

"我不要！我不要！"

后来过了十五天，她已委身于他，她觉得她是爱他的，她跟着他住在他家里，再不肯离开他了。这真是一种美妙的生活。他们俩整天关在房里过生活。眼睛对着眼睛，两人互相讲着说给小孩子听的话。晚上，他们俩到静悄悄的洼龙德河岸边去散步，走到月桂树的丛林中去。

①原译文为陆里于史。

莫洛埃到洛里尤斯家里来讨还苔依丝，大声哼喊道："这是我的女儿，人家抢去了我的女儿。我的香花，我的小心肝儿！"

　　洛里尤斯给她一笔巨款，叫她走开。但是那老婆子不久又来了，还要索取几个金洋钿。洛里尤斯发怒了，把她关在监狱里。审判官们后来发现这个老婆子从前犯了许多罪恶，便把她判决死刑，将她的尸体去给野兽吃。

　　苔依丝用着那空想中所产生出来的热情，用着那天真里所产生出来的喜悦，来爱洛里尤斯。她心里的真话都对他说："我永远只属于你的了。"

　　洛里尤斯回答她道："你和旁的女人决然不同。"

　　欢乐的生活经过了六个月，一天两人的爱情竟破裂了。突然间，苔依丝觉得空虚了、孤独了。她现在对于洛里尤斯的感觉与从前对他的感觉完全不同了。她想到："什么人把我的洛里尤斯在一瞬间变成这个样子的呢？此后他和旁的男子一般无二了，全不像他从前的他了。这个究竟是怎么一回事呀？"

　　苔依丝在自己的身心中已找不出洛里尤斯这个人了，她想到别的男人的身心里去找出个洛里尤斯来，她便离开了洛里尤斯。她又想与其和恋爱过而如今已没恋爱的男子一处生活，还不如和一个永不能恋爱的男子在一处生活，至少可以减少一点儿忧郁。因此逢到神圣的佳节时，她便和纨绔子弟做伴侣。总之凡是这例怪诞奢华的城市的一切娱乐，苔依丝无不参加。对于看戏这件事，她尤其热心，她常常到剧场里去的。在那剧场里，于戏迷的鼓掌声中，从各地方来的巧妙的丑角在表演。

　　她十分细心地观察那哑剧的戏子、跳舞者、喜剧的俳优，特别是悲剧里的妇女，那些表现青年们所恋爱的女神以及天神所恋爱的子女的，她会更加注意。等到她懂得了这种女优之所以能博人欢喜的诀窍的时候，她想到"我比她们美丽，我表现起来还要好"，她便去见那个领班，请求允许她也加入戏班。多亏她的美丽，多亏那个老婆子莫洛埃的教导，后来她就扮了第尔山的角色登台表演了。

她登台了，但不能博得多大的欢迎，这是因为她缺少经验，并且因为观客没有那么捧场。但是经过了几个月初出舞台的无声无息，她的美丽的威力终究在舞台上发扬光大了，竟使全市的人都为之感动。整个汪底洼旭的市民都塞到剧场里去了。帝国的司法官吏以及高级的市民们也被舆论的威力所驱使，都往剧场里走；海港里的脚夫、扫街夫、蜡工们都省下了韭菜面包的铜钱去买票看戏。诗人们作了种种短诗来捧她；胡须一把的哲学家们在浴堂里、决斗场里诽谤她；基督教徒们看见她的轿子经过时，都旋转了头，不要看她。她的屋子的门槛上堆着鲜花，洒上鲜血。（译者按，罗马的习惯，表示热情时，常会切开身体的一部分流出血来。）她从情人身边拿来的钱币已不能计数，简直要车载斗量了。节俭的老头儿们将所积的财宝，像河流一样都来花用在她的脚下。因此她的灵魂很畅快明朗。她受着公众这样的宠爱，受着老天爷这样的恩惠，在这平静的傲慢里，只感到一种快意。然而尽管被人如此地爱着，她仍只爱她自己一个人。

她做了好几年的戏，受了好几年汪底洼旭市民的赏赞和爱护，后来她忽然想回到亚历山大城去了，想到亚历山大城去显出点儿光荣来给人看看。原来在那城里，当她童年的时候，她受着不少的困难与耻辱，饥饿瘦弱得像一只蝗虫，在灰尘抖乱的街上，乱闯乱跑过日子。如今这个黄金之都亚历山大却欢乐地来迎接她了，用新的财富来满足她了。她在戏中表演的时候正是她衣锦归故乡的凯旋。

有无数捧她的人、爱她的人到她身边来。因为想再找出一个洛里尤斯这件事她已绝望了的缘故，她对到她身边去的男人毫无差别地一律欢迎。

哲学家尼西亚斯便是苔依丝身边许多男人中的一个。他虽则发表过他的信条是无欲望地生活，但是他现在对于苔依丝竟有想法了，来苔依丝的门上了。他虽则很有钱，但是他很聪明而温和。然而他的细心、他的美妙的感情却一点儿不能打动苔依丝的心。她不仅不爱他，并且有时对于他的上等的讽刺要发怒。他的永久的怀疑又伤了她的心。他是什么都不相信的，她却什么都要相信。她相信天命，相信妖魔的全能，相信命运，相信诅咒，相信永远的审判。她一面相信耶稣基督，一面又相信叙利亚良善的女神；她又相信月神海加德的阴影走过十字街头时，雌狗便叫吠；她又相信女人将媚药放在用带血的羊皮包裹的杯子里，便能使男子对那女人发生爱恋。她渴望着未知的东西，她希求着没有名称的东西，她生活于永久期待的中间。未来使她惊惧，但她希望认识未来。她的身边包围着永久骗人的意西司教的牧师、加尔台的博士、药剂师和女巫们。这一切骗子永久不使她疲倦。她怕死，但是她却处处看见死，当她陶醉在恋爱的中间时，她会突然仿佛觉得一根冰冷的手指触在袒露的肩上了，她便面色发青，在那拥抱着她的臂怀里，喊出惊惧的呼号来。

尼西亚斯对她说道："我们的命运或许在永劫的夜间，头发完全变白，面颊都凹了下去也是未可知的。如今茫茫的天空中欢笑的今天，或许就是我们最后的日子也是未可知的。但是这一切，我们管他做什么呢！呀！我的苔依丝呀！我们尝味那生活的味道吧。如果我们感受得多，我们的生活便会丰富。我们不知道的就不存在！所谓'爱'

就是理解。凡是我们不知道的东西不存在于世，我们何必为了一种虚无而苦恼呢？"

她带着愤怒回答他道："我顶看不起像你这样的人，一无希望，也一无所恐。我要多知道一点儿！我要多知道一点儿！"

为了要认知人生的秘密，她便读起哲学书来，可惜她看不懂这种书。童年一步一步离她远去，她想起童年却愈觉得快乐了。夜间，她便化妆到她从前可怜地长大起来的地方去走走，像小路、要塞后面的街道、广场，她都走到。爷娘的逝世，她觉得很遗憾，尤其因为她要爱他们也无从爱起了。她逢到基督教的司祭们时，她便想到她的洗礼，便觉得不安。有一个晚上，她穿着一件长外套，金黄的头发藏在一顶浓色的帽子里，她到郊外去散步，她自己也莫名其妙，不知如何竟走到了施洗圣约翰的可怜的教堂前了。她听见堂内有人在唱歌，她又看见一条亮光从门缝里漏出来。二十年来基督教徒已由皇帝君士坦丁保护了，他们公然举行他们的祭祀，那礼堂里所以没有一点儿足以使人惊奇的了。但是在那歌声里包含着热烈地呼唤灵魂的意味。仿佛受了神秘的邀请，这个女优便把教堂的门推开，竟走进教堂里去了。她看见里面有一大群人，其中有的是女人，有的是小孩，有的是老人家，大家都跪在一个靠着墙的石棺前面。那个石棺只是粗糙地雕刻着葡萄蔓和葡萄实的一个石瓮罢了。然而这石棺却受到非同寻常的敬崇，上面放满棕榈叶、红的玫瑰花圈，四周还点着无数的小明灯，小明灯如星光一般地照耀。焚烧着的阿拉伯的橡皮，那白烟在星火光中像天使的衣衫的褶襞一般向上方升起。四面墙壁上的绘画，营造出天国的幻景。穿着白衣的教士俯伏于石棺之前，和众人一起唱着赞美歌。那歌声显出一种苦痛中的幸福来，在那夸耀着死的胜利中混合着非同寻常的轻快，又混合着非同寻常的痛苦，令苔依丝听到了，觉得生命的悦乐和死亡的争斗同时一齐流入她的苏醒着的五官里去了。

当他们歌唱完了之后，信徒为要和石棺接吻都站了起来。这许多信徒都是自己亲手做工的贫穷人。他们目不斜视地，紧闭着嘴，显出一种廉直的神气，用着滞重的脚步向着石棺前进一步。每个人都跪了下来，和石棺接吻。妇女们将小孩子抱起来，轻轻地将小孩子的面颊贴在石棺上。

苔依丝既惊奇又慌乱，她便向一个助祭询问他们为什么行这样的祭祀。

那个助祭回答道："女人呀，你不知道我们今日追悼那个吕皮耶人圣旦华陀儿吗？他在皇帝提华葛来底扬的时代为了信奉基督而受苦。他生则廉洁，死为教义。所以我们都穿着白衣裳，我们把红玫瑰放在他光荣的墓上。"

听见这几句话，苔依丝也就跪了下来，泪如雨下。关于阿美斯的已忘却一半的记忆，在她的灵魂里复活了。那时蜡烛的光，玫瑰的香，香烟缭绕，圣歌的调和，灵魂的追慕，这一切将一种光荣的魔力放在她这朦胧的、温柔的而又痛苦的记忆上面了。眼花缭乱的苔依丝在思考道："阿美斯活着的时候是卑贱的，现在他却是伟大而光荣的了！他怎么会成为人上之人的？那个比财富、快乐更有价值的未知的东西，究竟是什么呢？"

她缓缓地立了起来，走到圣徒的墓前。曾受这圣徒爱护的她，槿色的眼睛里充满着眼泪，在灯光里闪出一种光辉来。接着她俯下了头，可怜地，慢慢地，在那奴隶的石棺上亲吻。她这嘴唇上是带着过多少的欲望的呀！

她回到家中时，看见尼西亚斯在那儿，头发弄得很香，身上穿着薄绢，正在阅读着形而上学的书，等待着她回去。他伸开两臂，走上去欢迎，带着笑声向她说道："可恼的苔依丝，你竟这样迟回来。在你这样姗姗来迟的中间，我看着斯多噶学派顶有名的学者的手写本，你猜我看到的是什么？是道德的条例？是可夸的箴言？不是不是，在这严肃的纸草上，我看见了成千成万的小苔依丝在那儿跳舞。每一个只有手指般大，却都有无限的爱娇，都是美丽无比的苔依丝。其中有的穿着金色、红色的长袍；有的像一堆白云，穿着薄绢，在空中舞蹈；还有像是为了使人更加感到快乐的味道，一动也不动，赤裸着身体，全无思想般的；最后，还有两个、手牵着手的，二人的面貌完全相像，简直使人分别不出来。她们俩都微笑着。第一个说：'我是爱。'另一个说：'我是死。'"

讲着这样的话，他把苔依丝抱在臂怀里，因为还没有看见她眼睛怒视着地面，他还是说他的思想，说他的追想，全不知道自己所说的话的无聊。

"你看，这就是因为你这坏孩子，一个哲学家今天怎样读懂另一个哲学家的书的样子呵。真的，总之我们所有的人，都只会在别人的思想里看见我们自己的思想，就像我刚才读书时所发现的。"

她不去听他，她的灵魂还在阿美斯的石棺之前。他听见她叹息，他便在她的颈窝里亲了一下，对她说道："不用忧伤，我的孩子。我们只有忘记了世界的时候，我们在世界上才有幸福。关于这一点，我们已懂得秘诀了。来吧，我们忘了人生吧，忘了人生，我们就幸福了。来吧，我们来相爱。"

苔依丝推开了他，苦痛地叫喊道："我们相爱！你是从来没有爱过一个人的！我也不爱你！不爱！我不爱你！我恨你！走吧！我恨你！我憎恶轻视一切幸福的人、一切有钱的人！走出去！走出去！

只有不幸者的地方才有善意。我小的时候，认识一个黑奴，死在十字架上。他是好的，他是充满着爱情的人，他是懂得人生秘诀的人。你还不配替他洗足呢。走出去！我不要再看见你了。"

她俯伏在褥子上，唏嘘了一夜，计划以后的生活当如圣旦华陀儿一样，在贫穷与朴素里生活。

一等到翌日，她又投入自己沉醉的欢乐世界里了。她知道她如今尚未丧失一点儿的美丽，总不能保持长久的。她想赶快从她的美貌里弄出一切的光荣和欢乐来。在舞台上，她用着从来未有的热心，将雕刻家、画家、诗人的想象活跃地都表现出来了。学者和哲学家，在她的形体里，在她的动作里，在她的行动里，看出了一种统治万象的伟大的调和——理想。他们觉得这也是一种德行，大家都说："苔依丝也是一个几何学家。"她又应允在一班穷人、苦人、胆小人的面前表演戏剧。这一班人于是祝福她的这种行为，犹如祝福上天的慈惠一般。但是她在那颂赞声中，却觉得很忧伤，而且她比从前更加怕死了。无论什么都不能解除她的忧伤，她的房屋，她的华丽的成为城中最幽美的庭院，也不能解除她的忧闷了。

她花了很大的费用，从印度、波斯等地运了树木来栽种。一个活泼泼的喷泉，唱着清歌一般灌溉着树木。湖中倒映着雕刻，同时又倒映着巧匠所造的假山以及有意筑成坍破样子的圆柱。园中央，高高地站着的便是银府的窟洞。所以称为银府窟洞者，那是洞口有三个巨大的妇人像，大理石的，而且加以艺术地描绘的缘故。这三个妇人正在脱下衣服来要去洗浴，她们都忧心似的，旋转着头，恐怕被人瞧见。那种神情真是像活的一般。太阳的光线经过一层薄薄的瀑布，然后射入这个窟洞，所以那光线非常的柔和而且像虹一般。窟洞的四壁，正如在神圣的洞穴里一样，处处挂着鲜花圈，绿叶环，颂赞苔依丝美貌的绘着的画幅，涂着鲜艳色彩的悲剧喜剧中的面具，描写舞台的绘画，描画滑稽的戏子的画片，还有描写神话中的野兽的画。窟洞中央有小小的一座架子，架子上是一个象牙的爱神像，是一件非常精美的古货——这是尼西亚斯的赠品。一面的壁洞里，躺着一匹黑色大理石雕成的雌山羊，那玛瑙的眼睛闪闪地发光。六头雪花石的小山羊挤在那雌山羊的奶头边。但是这头母山羊仰着头，提起遒劲的脚，正像急得要攀登到岩石上去一般。地上铺着比桑司的毯子，里比亚的狮皮，堆着华人所刺绣的坐垫。黄金的香炉里轻轻地送出香烟来。这边、那边的玛瑙的大花瓶里盛满着鳄梨属的花朵。最里面的阴影中，是一个红色的幕，有一张印度大龟壳，壳上钉着的黄金针，闪闪地发射着光亮。这片仰起的龟甲原来就是苔依丝的床。每天，在花香里，鸣泉声中，她懒懒地睡在这张床上。等待晚饭的时候，和她的朋友谈天，或者一个人想着舞台上的技巧，想着白驹过隙的岁月。

却说那一天，她做过戏后，在那银府洞里休息。她在镜中瞧见她的美貌有点儿衰颓了，她想面皱发白的时候终究要到来的，便不胜惊怖。她虽则自己安慰自己，说焚烧了某种的草，念了几句符咒，就能恢复新鲜的颜色。但是这个终究是徒然的。那时忽有一种毫无同情的声音对她说道："你要老了，苔依丝，你要老了！"惊怖的冷汗立刻从她的额上渗出来了。接着，她又用了无限的温柔，再向镜中一望，她觉得她还美丽，还配受人怜爱，向着自己微笑一下，她轻轻地说道："在亚历山大城中，没有一个女人能比得过我的身体的柔媚，能比得过我的动作的优美，能比得过我的臂膊的华丽，呀，我的镜子呀！我的一双臂膊真是恋爱的锁链呢。"

她正在这样说话的时候，她看见有一个陌生人站在她面前了，很瘦，一双眼睛很热烈，胡子乱纷纷的，身上却穿着刺绣得非常华丽的衣服，她惊怖地啊呀一声，镜子也从手里跌落在地了。

巴福尼斯站着一动也不动，眼睛瞧着她是如何美丽，心里却在祈祷道："呀！上帝，不要让这个女人的面貌来诱惑你的仆人，却盼望以她的面貌来感化你的仆人，使你的仆人更信仰你。"接着，他用出一点儿勇气来讲话了，说道：

"苔依丝，我是住在很远的地方的，你的美貌的声誉却将我领到你的身边。人家说你在女优中是顶巧妙的女优，你是女人中顶有魔力的女人。人家讲到你的财富，讲到你的恋爱，简直像神话一般，令人想到古代的陆独比史，（译者按，这是伊索时代一个希腊的荡女，同时又是个奴隶，后来渡到埃及，得到非常多的财富。）那尼罗河舟子们个个都熟知的那神奇的陆独比史。因此，我要来认识你。现在我看见了你，觉得真正的你远胜人家传说的你了。你是比人家传说中的你还要千倍的智慧、千倍的美丽，现在我看见了你，我不禁对自己说道：'到了她的身边不像醉汉般地身摇欲坠是不可能的。'"

这几句话是假话，但是燃烧着信仰的热忱的巴福尼斯确是用着真正的热心来讲的，苔依丝望着这个使她吃了一惊的奇怪的男人，倒一点儿也不觉得讨厌。他的粗糙野蛮的样子，他的像暗淡的火的眸子，却使苔依丝惊骇了。但是她觉得这个男人和她所认识的一切男子完全不同，她起了好奇心，很想知道这个人的生活和身份。她便用着一种温柔的嘲笑回答道："未曾相识的朋友，你的赞美似乎来得太快了。请你留心不要让我的眼光将你的骨骼都烧尽！请你留心，不要爱上我！"

他对她说道："我爱你，呀，苔依丝！我比爱我的生命，比爱我自己，还要爱你。为了你，我离开了我爱好的沙漠；为了你，我谨守着沉默的嘴唇说了许多俗世的话；为了你，我观看了我不应观看的东西，我听到了禁止我听到的声音；为了你，我的灵魂扰乱了，我的心展开了，种种的思想便从心中涌出，仿佛鸽子饮水的泉源；为了你，我日夜走着，走过恶魔与吸血鬼所聚居的沙漠；为了你，我赤着足从毒蛇和蝎子的身上踏过来。是的，我爱你呀！但是我的爱，并不像那些充满肉欲的人，犹如饿狼一般，愤怒的斗牛一般扑向你。你得使他们快活，犹如羚羊使狮子快活。呀，女人！我的爱你是精神的爱，真理的爱。我是依天主的爱而爱你的，我的爱你是永久永久的爱。我心上带给你的东西是真理的热情，是神圣的怜悯，我约许你的东西，是比那像花朵一般的陶醉，比那短短的夜间的幻梦还要幸福的东西。我约许你的是圣徒的会食，是天国的食宴。我带给你的祝福是永无尽头的祝福，世上未曾有的言语所不能形容的祝福，简直要使世上的幸福者一见这种祝福的影子，就要为之惊死。"

苔依丝调皮地笑道："朋友，请你把这种不可思议的爱恋给我看吧。快点儿给我看，长长的一大堆的话语或许要损伤我的美貌的呢，一分钟也不要浪费了。我要赶快知道你所说的幸福呀。老实说吧，我恐怕永久不能知道你所说的幸福了，恐怕你所许我的一切，或都变为空话。自然嘴里讲讲一种伟大的幸福比真正给人以幸福要方便得多了。每个人有他的天才，我想你的天才便是说空话。你讲到的爱，说是未尝为人所知道的恋爱。人类互相接吻以来，已经经过好久的岁月了，现在竟还有爱情的秘密遗留着，那真是万分可惊的事情了。但是你要晓得，关于爱恋的问题，爱人比博士知道得更加多呢。"

"苔依丝，你不要嘲笑人。我将未知的爱恋给予你。"

"朋友，你来得太晚了，我已认识了一切的爱恋。"

"我给你的爱恋是充满着光荣的，至于你所认识的爱恋是只会产生耻辱的爱恋。"

苔依丝的暗淡的眼睛望着他，额上起了一条坚实的皱纹。"不认识的朋友，你好大胆，竟敢冒犯此地的主人。你看看我，究竟我像不像是一个充满耻辱的东西，请你说吧。不是！我没有耻辱。像我这样生活的一切女人也一点儿没有耻辱，虽则她们比我丑比我穷。我走一步路，就种一步快乐的种子。因此，我才知名于世。我比世界的雄主们还要有势力。因为我看见世界的雄主们俯伏在我的脚下。请你看看我这个人，请你看看我这对小小的脚，成千成万的男人为了要得到和我的脚亲吻的幸福，用了他们的血来做代价。我并不伟大，我在世上占着极小的地位。如果从山拉博寺院上，望见我在街上走过时，我简直只有一粒米大小，但只因为这一粒米，人世间竟惹起了充满地狱那样多的死亡与绝望、憎恨与罪恶。大家在我四周呼唤着光荣的时候，你倒来说耻辱，你不是个骗子是什么？"

"要知道人间眼睛里视以为光荣的东西，在上帝面前却是污辱。我们所生育的国土即完全不同，我们不能有相同的语言，不能有相同的思想，那是不足为奇的。然而有老天做证，我希望和你一致，我若不和你存相同的感情，我决不离你而去。谁给我烈火般的辩论，使你像白蜡一般融化于我的呼吸之下，使我用希望的手指任意将你来改造？呀，魂灵中最可爱的灵魂呀！是怎样的一和道德的力量，将你归我所有，并使那增加我气力的精神，能将你重新创造，在你身上印刷了一种新鲜的美丽，使你快乐到哭泣而欢呼道：'只有从今天起我才是活着的了！'谁使我心中涌出一股西陆爱（译者按，耶路撒冷的洗礼泉）泉水来，使你在那泉水中一浴，重新得到你最初的纯洁？谁将我变成为汝尔堂的湖水，那湖中的波浪流在你的身上，使你得到永久的生命？"苔依丝已不愤怒了。她想：这个人讲的是永久的生命。他所说的一切仿佛都是写在符箓上的。这定是个博士，对于衰老与死亡定有秘法来处置的。

她决定委身于他了。因此她故意装作怕他的样子，离开他几步，走到洞底里，去坐在床边，很巧妙地将那披在身上的衣片拉到胸口上，接着，一动也不动，默然地，眼睛俯视着，她等待着他。她的长长的眼睫毛有一个温柔的影子落在她的颊上，她的一切的动作都显出羞耻的样子。她的赤露着的脚软软地在摇荡。她正像一个少女坐在一条河边在思想。

巴福尼斯望着她看，一动也不动了。他的膝头颤颤地发抖，几乎不能再支撑他的身体了，他的舌头在他的嘴里突然干燥了，他的头脑可怕地错乱起来了。突然间他只看见蒙在眼前的一重厚雾。他想这是耶稣的手放在他的眼上，使他不能再见那个女人。得到这样一个援助便镇静了，他立刻恢复他的刚毅了，他又显出沙漠里的老僧侣的庄严来说话了："如果你成为我的人了，你以为上帝看不到吗？"

她摇摇头。

"上帝！谁叫上帝的眼睛常常看守着银府的洞窟？如果我们亵渎了上帝，上帝就走开好了！但是我们为什么要亵渎上帝呢？上帝既然创造了我们，他看见我们照着他所给我们的本性而动作，照理他不应有愤怒与惊骇的。世上的人关于上帝的话实在说得太多了，甚至上帝所没有的思想，也通通推到上帝身上。未曾相识的朋友，你自己懂得他的真正的特质吗？依着上帝的名义而说话的你，究竟是什么人？"

巴福尼斯听到这个询问时，他便展开他借来的衣服，显出惩戒带来说道："我是巴福尼斯，汪底诺的僧正，是从圣地沙漠里来的，使加尔台的亚勃拉哈姆，使沙特姆的陆丝去隐遁的那只伟大的手，将我和俗世相分离了。我已不是为了人类而生存于世的了。但是在我沙漠中的耶路撒冷里，你的形体竟显现于我的面前了。我知道你是完全腐化了，在你身上只有死亡，现在我站在你面前，仿佛站在坟墓之前一样，我向你呼唤：'苔依丝，你自己立起来。'"

听到了巴福尼斯、僧侣和僧正等名字，苔依丝恐怖到面孔发青，她散乱着头发，两手握着，哭着，呻吟着，俯伏在这圣徒的脚下。

"不要来害我呀！你为什么来的？你要我的什么呢？不要来害我呀！我知道沙漠里的圣徒是憎恶像我这种专门为快乐而活着的女人的。我怕你恨我，我怕你将我毁坏。去吧！我绝不怀疑你的威力的。但是巴福尼斯你不应轻视我，不应恨我。我不会像我所交际的那一般男人，嘲笑你自己求得的贫穷的。你也不要把我的财富当作一种罪恶，我是美丽，我是善于演戏。我只照我的本性选择我的境遇，我做天叫我做的事情。我是为魅惑男人而活着的。你，刚才你自己对我说你是爱我的。不要用你的法术来处置我。不要使用你的咒语破坏我的美貌，或者将我变为盐做的偶像，不要让我担惊受怕呀！我已经有太多恐怖了。不要使我死！我是最怕死的。"

他向她做一个手势叫她站起来，对她说道："姑娘，你安心吧。我不是来羞辱你，不是来轻蔑你的。我是受着伟大的主的使命来的。那伟大的主坐在井边，饮着萨麦里戴纳呈上的水瓶里的水，当他在西门家里吃晚饭的时候，玛利亚替他涂抹香膏。我不是无罪的人，能用第一块石子来投掷你。上帝所赐给我的丰富的恩惠，我常常乱用了，领我到此地来的，并不是上帝的愤怒的手，却是上帝的怜悯的手。我可以一无诈伪地用着爱情的言语来和你接近，因为这是心中的热望领我到你身边来的。如果一旦能够看出隐于神秘的形态下的万物来，那么我在你面前，也许像天主的野蔷薇上所折下来的一枝。天主为要使摩西知道什么是真正的爱恋，在山上曾显示一堆热火中的野蔷薇给他看。原来真正的爱恋是一堆火。这一堆火包裹着我们时，不把我们毁灭。这一堆火到后来也不剩什么空的灰，也不剩什么炭。凡是被这爱的火烧着过的，反而将永久地芬芳。"

"我相信你了。我不再怕你陷害、诅咒我了。我常常听见人家讲到旦白衣特的隐遁者。人家讲给我听的安东尼和保罗的生活，真是不可思议。你的名字，我并非不知道，人家对我说，你虽则还年轻，所修的德行却和最老的修道者一样高厚。我最初看见你的时候，不知你是怎样一个人，我以为你也不过是个平常人罢了。意西司教或海尔曼史教或圣汝侬教的牧师们，加尔台的占卜者及巴比伦的博士们所不能做到的事情你能为我做吗？如果你爱我的话，你能使我长生不老吗？"

"女人呀，凡是希望活着的人便能活着，你且避去那害死你的污秽的欢乐吧。你这个身体是上帝亲自用他的唾液捏成的，是用他的呼吸来予以生命的，赶快使你这身体离开恶魔，否则恶魔要将你这身体恐怖地废弃。你筋疲力尽的时候，你来饮取孤寂里的祝福的清泉，你来饮取隐在沙漠里的，涌起时一直涌到天上的泉源。烦恼的灵魂，来得到你所希望的东西吧！贪图快乐的心，来尝尝真正的欢乐吧。贫穷，遁世，忘我，自己的实在的一切都放弃在上帝的胸间。今日是基督的敌人，明天便做他的最爱的爱人，到基督的身边去。去吧！前去探寻的你将要说：'我得到爱了！'"苔依丝像是瞭望着远地里的东西。

"僧正，"她问道，"如果我抛弃我的享乐的生活，如果我也忏悔，我纯洁的身体，真能照常一样的美丽，再生于天上吗？"

"苔依丝，我给你永久的生命。请相信我，因为我所宣言的是真理！"

"谁能保证你说的是真理呢？"

"大卫和预言者们，圣书和奇迹自能做你的证人。"

"僧正，我愿相信你。我老实对你说，我在这世上找不到幸福。我的命运比女皇的命运还要美好。但是生命却给我很多的忧伤、很多的苦楚，现在我真无限地疲倦。一切的妇女都羡慕我，我却有时羡慕那个没牙齿的老婆婆，当我小的时候，这位老婆婆在城门口卖蜜糕。我常常想只有穷人是良善的，是幸运的，是有福的，低贱卑下的生活中有一种巨浓的甜味。僧正，你搅动了我灵魂里的波浪，你将那睡在我灵魂之底的东西搅到上面来了。呀！相信什么呢？将怎样呢？什么是生命呢？"

当她这样讲话的时候，巴福尼斯的脸色为之一变，一种信仰的欢悦充满他的面庞了。

他说："请听我说，我并不是一个人走进你的家里来的。'另一人'伴我一齐来的，这'另一人'就站在这儿，在我的身旁。你看不见这'另一人'的，因为你的眼睛还没有资格来看见他；但是不久你就能在他美丽的光辉中看见他了，你将说：'只有他是可爱的！'刚才，如果他不把他的温柔的手按在我的眼上，呀，苔依丝！我或许将和你一齐堕入罪恶，因为我自己只是软弱和错乱罢了。但是他将我们一齐挽救了。他的良善和他的威力是同样伟大，他的名字是救世主，大卫和预言者们向世界预言了他的出现，当他在摇篮里时将受牧人和博士的崇拜，他将被法利赛人钉死于十字架，他将为圣女所埋葬，他将依使徒而复现于世上，他将依殉教者而得证实。站在这儿的人因为知道你怕死亡呀，女人啊！所以到你的家里来为你抵御那死亡的！呀，我的耶稣！这时你显现在我的面前，不是像那神奇的日子，当圣洁的孩子们被抱在母亲的臂怀里在伯利恒的露台上游戏的时候，你和群星一齐从天而降，降落得那样的低，孩子们的手简直摸都摸得到的了，你显现在加利利人的面前，一般模样。我的耶稣，不是我们和你在一处吗？不是你将你尊贵的身体的真相给我看了吗？那不是你的面庞吗？流在你面颊上的眼泪不是真实的眼泪吗？是的，永久的正义的天使一定招待这苔依丝的，这是苔依丝的灵魂的补偿。我的耶稣，你不是在这儿吗？我的耶稣，你的尊贵的嘴唇张开来了。你能讲话了。讲呀，我听你讲。你，苔依丝，幸福的苔依丝！你听救世主自己来讲给你听的话，这是天主讲的话，并不是我讲的。他说：'呀，我的迷路的羔羊，我找寻你好久了，终究我将你找到了。'你不再要逃开我了，可怜的小姑娘，你来捉住我的手，我将你背在我的肩上，背你到天国的羊棚里去。来吧，我的苔依丝，来吧，我所选择的人，来和我在一处哭泣吧！"

巴福尼斯说完这几句话，便跪在地上，眼睛里充满着欢悦。那时苔依丝看见这个圣徒的脸上反映出一个生活着的耶稣来了。

"呀，我过去的童年呀！"她叹息说，"呀，我的温和的爸爸阿美斯呀！良善的圣旦华陀儿呀，你在晨光里，抱着我去受洗，洗礼的水还是新鲜的时候，我为什么不在你的白衣裳里死去呢？"

巴福尼斯听着这几句话，便跳到她身边去，叫道："你是受过洗礼的？呀！神的智慧呀！呀呀，上天之心呀！呀呀，良善的天主呀！我现在认识那领我到你身边来的威力了！苔依丝，我现在知道何以你在我的眼中，那样的可爱，那样的美丽了。原来这是洗礼的水的威德啊。这种威德使我离开了我所居住的上帝的庇护所，到俗世污秽的空气中来找寻你。一滴水，定是洗你身体的一滴水，洒在我的额上了。来吧，我的姊姊，来接受你弟兄的一个和平的接吻。"

巴福尼斯便将他的嘴唇在苔侬丝的额上亲了一下。

接着他静默了，让上帝去讲话，在这银府的窟洞里，只有苔侬丝的啜泣和活泼的泉水的歌声。

苔侬丝尚未拭去眼泪，正在哭泣的时候，两个女黑奴拿着衣衫、香料以及鲜花的装饰到洞窟里来了。

"这样的哭泣真没有道理，"她做出微笑的样子来说，"眼泪哭红我的眼睛，污秽我的脂粉。今天夜间，我要到朋友们处去吃饭呢。那儿有许多女人要窥探出我的颜色的憔悴来，我偏要装扮得很美丽。这两个奴隶是来替我穿衣衫的。神父，你且走开一边吧，让奴隶来做事。她们灵巧而且很有经验的，所以我给她们的工资也很高。你看这个女奴，有一个很大的黄金环的，她的牙齿多么白呀。这是我从总督夫人处夺过来的女奴。"

巴福尼斯最初想极力反对苔侬丝去赴宴，后来他决定见机行事，便问她宴会里将遇到怎样的人。

她回答说宴会里她将会面的，第一是宴会主人海军司令官，那个老科塔，其次是尼西亚斯以及其余的专喜辩论的哲学家，诗人加里克拉德，塞拉比斯史教的大司教，还有最喜训练马匹的纨绔子弟，最后便是女人，她们除了年轻之外，使人无从赞美，也无从非难。于是，出于一种超自然的启示，巴福尼斯说道："去吧，你到他们那儿去。苔侬丝，去吧！但是我不愿离开你。我和你一同到那宴会去。我坐在你旁边一句话都不说就是了。"

她不禁大笑了，那两个黑奴忙着替她打扮的时候，她说道："他们看见旦白衣特的一个僧侣做了我的情人，他们将怎样说呀？"

宴会篇

　　巴福尼斯跟在后面，苔依丝到那宴会的大厅上时，宾客们大部
分都已坐在长椅子上了，在一张半圆形的台子面前。台上摆满了闪
闪发光的杯盘。一个银的水盘放在楼的中央，水盘中载着四个半神
半兽的银像，每个银像都倾倒着一个革囊，从革囊里流出水来，流
在这水盘中的烧熟的鱼身上，烧熟的鱼便像活的一般在那盘中游泳。
当苔依丝走进去时，欢迎的声音四面都起来了。

　　"敬礼那音乐之神的妹妹！"

　　"敬礼那个眼光能表现一切的静默的悲剧的女神！"

　　"敬礼那神明与人类所最爱的宠姬！"

　　"向人心所最为热望的女人致敬！"

　　"向那给人以痛苦而又能治愈人痛苦的女人致敬！"

　　"向那拉谷底的珍珠致敬！"

　　"向那亚历山大城的玫瑰花致敬！"

　　她不耐烦地等着这赞美的激流滚过去。接着她向那宴会的主人

科塔①说道："吕西尤斯②，我带给你一个沙漠里的僧侣——巴福尼斯，汪底诺的僧正。这是一个伟大的圣徒，他的话语像火一般地燃烧着一切。"

吕西尤斯·奥雷利尤斯·科塔③，海军司令官，站起身来说道："我们很欢迎，巴福尼斯，你是宣传基督教义的。我自己，对于此后皇帝也信仰的宗教，也有若干的敬意了。神圣的君士坦丁将你们的同道者已列入帝国的最重要的朋友里了。拉丁的威德终究允许你的基督加入我们的万神祠了。我们的祖先有句谚语说：不论哪一种神的中间总有若干神圣的东西的。但是这一切我们且不谈。我们还有喝酒快乐的时候，我们且来喝酒快乐吧。"

老科塔很畅快地这样说。他近来把军舰的一种新模型研究完毕，又写完了他所著的《迦太基人历史》的第六卷，他确信他并没有浪费他的光阴，他对于自己，对于本国的神明都很满足。他又接着说道："巴福尼斯，你看此地有许多人值得爱慕的：塞拉比斯史教的大司教海莫徒，哲学家杜黎红、尼西亚斯和谢诺旦米，诗人加里克拉德，年轻的钱勒丝和亚里史督比尔，这是我年轻时的一个朋友的两位令郎；他们近旁的费利娜和杜洛姗都是美丽的女人，值得大大称赞的。"

尼西亚斯过来和巴福尼斯相吻抱，并且向他耳语道："我告诉你的，女神维纳斯的威力是非常大的，这是她，她的甜美而激烈的魅惑领你到这儿来的，使你无可奈何地由她领来了。请你听我一句话，你是充满信仰的一个人，但是如果你不承认她是神明的母亲，你的失败是决定的了。要知道那个老数学家梅郎史常常说的，'没有维纳

***

①原译文为郭太。

②原译文为卢须史。

③原译文为吕西尤斯·洼来吕史·郭太。

斯的帮助，我便不能证明三角形的固性了'。"

对着巴福尼斯已望了好一会儿的杜黎红，突然拍起掌来，喊出赞美的欢呼来道："朋友们，这是他！他的眼光，他的胡子，他的披衫，不错，定是他了！当我们的苔依丝在舞台上伸出她的美丽的臂膊来的时候，我在那剧场上看见他非常愤怒，我敢证明，他真的是乱暴地说话，确是个光明磊落的男子。现在他要把我们一班人都来骂倒了，他的辩才真可怕呢。如果马居四是基督徒中的柏拉图，那么巴福尼斯便是基督教徒中的台木史旦纳了。伊壁鸠鲁在自己小小的庭院里，从来没有听见过巴福尼斯那样的辩才的。"

费利娜和杜洛姗的眼睛对着苔依丝仿佛要把她吞下去一般地看着。苔依丝金黄的发上结着浅色紫罗兰的花轮。看着每一朵花的柔弱的颜色，便要使人想到她眸子的色彩。原来那花朵正像她的暗暗的眼睛，那眼睛正像那闪着薄薄的光芒的花朵。在她身上，一切都是活的，一切都有灵魂，一切都调和：这是天赋予这个女人的美貌。她的葵色绣着银花的披衫，在那长长的褶襞间，荡漾着一种近乎阴阴的妍美。她既不戴手镯，也不用颈饰，她的装饰的一切光彩就在她的赤裸着的臂膊上。她的两个女友不由自主赞叹着她的衣冠，对她，甚至随便什么话都说不出了。

"你多么的美呀！"费利娜对她说，"你刚到亚历山大城的时候，还没有这样的美丽。然而我的母亲，记得那时候看见你的，已说很少有女人能和你匹敌了。"

"你领来给我们看的这个新情人究竟是什么人呢？"杜洛姗询问道，"他有点儿粗糙野蛮的神气，如果有牧大象的牧人，那么一定就是这种人了。苔依丝，你在什么地方找的这样一个野蛮的朋友？他不是一个住在地下的、涂满着地狱的黑烟的、穴居野外的一类人吗？"

但是费利娜将一根手指按在杜洛姗的嘴上了，说道："不要说话，爱情的神秘是应该常常守着秘密的，是不准人知道的。自然我宁可与爱得那的火山口相接吻，也不愿和这个男人亲嘴。但是我们温柔的苔依丝，既然美丽尊贵到像女神般，她也应像女神一样，容受一切的祈愿，不是像我们这样，只接受那可爱的男子们的请愿的。"

　　"你们俩都请留神！"苔依丝回答说，"他是个博士，又是个魔术师。他不仅能知道人家的低语，并且能知道人家的思想。当你们睡觉的时候，他要来挖出你们的心，换了一块海绵进去，到了第二天，喝了点儿水，你们就要胀死了！"

　　苔依丝看见她们俩颜色变了，她便背向着她们，去坐在巴福尼斯身边的长椅子上。傲岸而又亲切的科塔的口声突然控制了宾客的密语："朋友们，大家就座吧！奴隶们，来筛蜜酒！"接着主人将酒杯呈起，说道："最先我们要为尊贵的皇帝君士坦丁，为我帝国的守护神明喝一杯酒。祖国应该在一切之上，并且在神明之上的，因为一切是包括在祖国之内的。"所有的宾客们都举起满满的酒杯来喝。只有巴福尼斯一点儿也不喝，这是因为君士坦丁压迫尼山的信仰，并且因为基督徒的祖国不在这世界上。

　　杜黎红喝了一口酒，喃喃地说道："什么叫祖国？一条河流在流动，那河岸是变迁的，那波浪是时刻变换的。"

　　"杜黎红，"海军司令官回答说，"我知道你对于公德是一点儿也不尊重的，你以为所谓贤人也应该超出一切世俗而生活。我恰恰和你相反，我以为正直的人除了对于祖国尽了伟大的义务以外，对于其他的一切，不应有同样大的欲望了。祖国真是一件可爱的东西！"

　　塞拉比斯史的大司教海莫徒说话了："杜黎红刚才询问'什么叫祖国'，我要回答他说：'形成祖国的就是神明的祭台，祖先的坟墓。

人民以记忆与希望的相通而称为同胞。'"

年青的亚里史督比尔岔断了大司教的话说道:"今天我看见一匹漂亮的马,这是戴蒙风的。马头细长,下巴小,四肢很胖。正像一只雄鸡,马颈很长而有点儿傲然。"

但是钱勒丝摇摇头说:

"那匹马并不像你所说的那般漂亮。马蹄很薄,脚踝着地,那畜生不久就要跛了。"

他们俩继续着他们的辩论时,杜洛姗突然尖锐地叫道:"哈!我几乎吞了一根比小刀子还要尖的鱼骨下去,幸而将要吞下的时候,拿了出来。神明爱我呀!"

"我的杜洛姗,你不是说神明爱你吗?"尼西亚斯微笑着询问,"照你这样说,那么,神明也分担人类的疾苦了。假设所谓爱者,就是使那沉溺于爱的人经历着一种苦痛的东西,那么万物是因为爱而自己暴露自己的弱点的。如此说来,为了杜洛姗而神明感到了爱,正是神明并非完美的一大证据了。"

听了这句话,杜洛姗大大地发怒道:"尼西亚斯,你所说的是废话,全没有一点儿意思。人家说的一点儿都不懂,回答人家的说话一点儿没有意思,这便是你的特性。"

尼西亚斯还是微笑说道:"讲吧,讲吧,我的杜洛姗。不论你说什么都好,总之你每开一次口,便应该感激你一次。你的牙齿是多么漂亮呀!"

这时,有一个俨然的老头儿,衣服穿得很随便,脚步很慢,仰着头,走进厅里来了,他静静地向宾客们看了一看。科塔用手招他过来坐在他的长椅子上,说道:"安克利德,欢迎你来!这一个月你写过新的哲学书吗?如果我计算得不错,那么这本新书,是你高妙的手用着尼罗河的芦苇所写出的第九十二册了。"

安克利德摸挲着银白的胡须答道:"夜莺是为唱歌而活着的,我是为赞美不朽的神明而生存于世的。"

杜黎红:"我们来向斯多噶学派最后的学者安克利德诚重地致敬。庄重而洁白的他,站在我们中间,仿佛是古人的形象!他在人群之间还是孤独的,他说着人家不要听的话。"

安克利德:"杜黎红,你错了。道德的哲学在这世上并没有死灭。我有许多弟子在亚历山大,在罗马,在君士坦丁。就是在奴隶中间,皇帝的外甥中间也有我的许多弟子。他们统治着自己,他们生活于自由中,他们知道在万物解脱之中尝味到无穷的幸福。其间有许多人,在他们的自身中把爱比克泰德 ① 和马可·奥勒留 ② 等哲学家复活了。如果在这世上,道德真正永久地消失了,对于我的幸福也没有什么关系的。为什么呢?因为道德的继长和消灭与我本来没有什么关系。杜黎红,我对你说,只是痴子将他们的幸福放在他们的能力之外的。神明所不希望的,我也一点儿不希望。我希望的一切都是神明所希望的,所以我和神明是相似的,我也得到了神明的确实的满足。如果道德消失了,我也同意于消失,而且这个同意使我充满了喜悦,像我的理性、我的勇气做出了最大努力才充满喜悦一样。无论什么事情,我的智慧都是抄袭神明的智慧的,这抄袭的本子比原本还要珍贵呢;因为抄本需要更多的注意,更大的努力呵。"

尼西亚斯:"我听见了。你是说和那神之摄理相和合的。安克利德,如果道德只存在于努力之中,只存在于芝诺的弟子们拟与神明相似而致力的紧张之中,那么,那只想膨胀到牛一样大的青蛙不是完成

---

① 原译文为爱比克丹德。

② 原译文为麦尔克洼来尔。

了斯多噶学派的杰作了吗？"

安克利德："尼西亚斯，你嘲笑人，与你平常一样，你取笑人的本领真不小。但是如果你所说的牛，真的是一个神明，像亚比（祭牛之神）一样，像在我这儿所看见的有大司祭祭祀的地下的神牛一样，如果那只青蛙得到可贵的神明的感觉，而欲与神牛一样的巨大，这只青蛙的德义不是比那头牛更加高了吗？你对于那样勇敢的小动物能不赞美吗？"

这时由四个仆人抬着一头猪到台上来了。猪身上还有许多的猪毛。几头蒸熟的粉制猪仔，盘踞在猪身的四周，仿佛要吃奶一般，这是指明这头猪是一头母猪。

谢诺旦米向着巴福尼斯那方面说道："朋友们，此地有个宾客，他自己到我们这班人中间来的，这便是有名的巴福尼斯。他是我们的不速之客，他在荒野里经营着一种不可思议的生活。"

科塔："谢诺旦米，你说得极好。他既未经邀请而自己来的，那么第一个座位不要让他坐了。"

谢诺旦米："好主人，所以我们应该用一种特别的友情来招待他，我们应该找出他所顶快乐的事情来。像他这样一个人对于烧肉上的汽水感觉，比对于美妙的思想的芬芬的感觉，一定迟钝得多。所以我们和他讲起话来，要讲到他所宣传的教义，钉在十字架上的耶稣的教义，这里一定可以使他欢喜的。我对于他这种教义倒很有兴趣，因为这种教义里包含的比喻真是多种多样，丰富得很，所以我倒可以容忍这种教义。如果我们可以从文字里推测那精神来，那么基督教义可说是充满真理的，而且我以为基督教的《圣经》极富于神圣的启示。但是，巴福尼斯，我不承认犹太的《圣经》有同样的价值。犹太的《圣经》并不如世间所传说那般是受着神明的精神而写成的，而是靠恶魔写成的。记述犹太《圣经》的耶和华原来是恶魔之一，他创造劣等的空气，他是我们大部分的不幸的根源。他的无知与残酷，是在一切恶魔之上的。环绕在智慧树四周的，那条天青色生着金翼的蛇，它是用光明和爱情来捏成的。因此，光明与黑暗的两大势力间的争斗免不去。这两者间的争斗自从世界的第一日就开始了。上帝才刚去休息，亚当与夏娃，第一个男人和第一个女人，幸福地裸着体，优游于埃及田园中的时候，耶和华就要使他们俩不幸，计划如何去支配他们以及支配夏娃的十分成熟的肚内的子孙。因为耶和华既然没存什么圆规，又没有什么七弦琴，他既不知道那指挥一切的智慧，也不知道那使他所信服的艺术，他便用着恐怖的幽灵，任意地威吓并用雷霆的凄声来使这两个可怜的孩子惊惶。亚当与夏娃觉得耶和华的影子落在他们身上了，两人便拥抱得紧紧的，在恐慌之中，他们的爱情倒增加了一层。其时，那条蛇很可怜他们，决计想教导他们，要使他们得到智慧，免得再被狂言所欺骗，这条蛇的企图实在需要非常的机智。第一对男女的软弱几乎使蛇的企图失望了。这条亲切的恶魔仍要试一试它的企图，不使那个自以为一切都看见、实际眼光一点儿也不敏锐的耶和华知道。那条蛇便走近到两个生物的身边，用它的身体的光彩、翅翼的辉耀来魅惑他们俩的眼睛。它又将它的身体做成圆形、椭圆形、螺旋形等正确的形体来唤起他们俩的兴趣。那种形体的可赞美的性质，其后均为希腊人所认识。亚当比夏娃更热心地瞧着那种形体。但是当那条蛇讲起话来，教导那最高的形而上的真理时，它看出亚当是由红泥捏成的，天资迟钝，难于了解奥妙的知识；至于夏娃，恰和亚当相反，更温柔，更加感觉敏锐，很容易懂得那知识的微妙。那条蛇于是在夏娃一个人的时候，丈夫不在的时候，去和她讲话，将那最初的……"

杜黎红："谢诺旦米，我要请你在此地停一停说话。你对我们所说的神话中间，我第一看出了泊拉史和巨人相争斗的一段话。耶和华最像地狱之神梯芬，雅典人所画的泊拉史，身边是一条蛇的。但是照你所讲的，我却很疑心你所说的蛇的智慧或善意了。蛇如果真的是智慧的，怎么会把智慧去放在那女人的小头脑里呢？女人的脑子原来容受不下智慧呀。我想它还是和耶和华一样，是无智而虚伪的，因为它认为亚当是更多思虑，更多智慧的，夏娃是容易受惑的，所以它选择夏娃了。"

　　谢诺旦米："杜黎红，你要知道我们达到最高最纯粹的真理，不是靠思虑和智慧，而是完全靠感恩。大抵女人是比较缺少思虑的，但她们比男人感觉敏锐得多，所以对于神圣的智慧，她们更加容易接受。女性颇有预言的才能。世间表现西塔莱德的阿波罗以及拿撒勒的耶稣，有时将他们穿上女人的衣衫，轻飘飘的长袍，也并非没有理由的。杜黎红，不论你怎样说，那条蛇为了它光明的创作，不取粗鲁的亚当，而取了那比星海还亮、比乳汁还白的夏娃，毕竟是智慧的呀。夏娃温柔地听从了那条蛇，跟着它来到那智慧树边。那株树的树枝是一直耸到天上的。上帝的心像露水一般灌注着这株树。那茂盛的树叶是会讲着未来的人类的一切语言，那萧萧的声音联合起来形成一部完美的音乐，丰美的果子能把那关于金属、矿物、植物以及物理和道德的知识，给予精通神秘的人。但是这种果子又像火焰一般燃烧着，怕死怕痛苦的人便再也不敢将他们的嘴唇去接近了，却说夏娃忠心地听从了蛇的教训，她超越了无为的恐惧，颇想品尝一下能给人以上帝智慧的果子了。对于爱人亚当，她不愿他比她愚鲁，便拉着他的手，把他领到那神奇的树下。她采下了一个火热的果子来，咬了一口之后，便交给她的伴侣。不幸，耶和华恰在园中散步，使他们大为惊骇。他看见了他俩具有智慧了，便非常发怒。使耶和华所最恐怖的便是他俩妒忌他。他聚精会神地在下界的空气里弄出雷鸣般的骚乱来。那可怜柔弱的一对男女不禁为之惊倒，那个苹果就从男人的手里落了下来。那个女人抱着可怜的丈夫的头颈，说道：'我情愿愚鲁，我要和你在一处受苦。'胜利了的耶和华便把亚当和夏娃以及他俩的子孙都抑制在惊惶与恐怖之中了。耶和华役雷使电的法术打败了蛇、音乐家、几何学家的智慧。他把不义、愚鲁和残虐教给了人类，使罪恶支配了大地。他尽力追放该隐及其子孙，因为他们长于生产；他消灭了飞利史登的民族，因为他们能创作俄耳普斯①（古代大音乐家）那样的诗歌，能写述伊索那样的寓言，他是智慧与美的大敌。人类几世纪地在血泪之中清偿那条生有翅翼的蛇的失败。幸而在希腊人中，来了几个智慧的人，像毕达哥拉斯②，像柏拉图，他们依天才的能力，重新找到了耶和华的仇敌，想教给那第一个女人而终于失败了的形象与意想。在这种哲人中间具有蛇的精灵，所以雅典人如杜黎红所说，都崇奉蛇的。到了现在，有三个圣灵套着人类的形状而显现出来了。那就是加利里的耶稣、巴西利德③和范朗丁三个人。那棵智慧树，根株纵横于地下，树梢则直耸于天际，生着最光亮的果实，耶稣等三人都得到了采摘这种神果的许可，这是我要替基督教辩护才说的，因为人家常把犹太的罪过都推在基督教身上，实在是太过分了。"

"谢诺旦米，如果我没有听错你的话，你说的是那三个可赞美的人，耶稣、巴西利德和范朗丁，都发现了毕达哥拉斯、柏拉图以及

---

①原译文为洼儿番。

②原译文为比泰哥儿。

③原译文为排其利意特。

一切希腊的哲学家，甚至那个教人类从徒然的恐怖里解放的圣者伊壁鸠鲁等所没发现的秘密。那倒不得不请问你一句：那种哲人冥想不出的，这三个人究竟用什么方法来得到的呢？"

谢诺旦米："杜黎红，你要我重复说一遍吗？我对你说过了，科学和冥想不过是智识的初步，只有入神的心境才能领会到永久的真理。"

海莫徒："谢诺旦米，那是真的，灵魂靠入神来养育，犹如鸣蝉是靠露水来养活的。我们还可以说得完善一点儿，只有心灵才有力量达到八面玲珑的境地。因为人是以三种东西组合成的：第一是物质的身体，其次是同为物质的而较为高尚的心魂，再次是一个不朽的灵。这个'灵'，犹如走出了静默寂寥的宫殿一般，走出了自己的身体，接着，它飞越过自己的魂的庭院，而回到神明的地方去。这时它品尝到一种预期的死亡的妙味，不是，不如说它品尝未来的生命的欢乐，因为死，原来就是生啊。到了分得了神明的纯洁的境地，便得到了无限的喜悦，同时也得到了绝对的学理，灵便归于一。一即全，灵于是成为完全的了。"

尼西亚斯："你说得挺好。但是，实际讲，海莫徒，我在全有全无之间，却看不出有什么大不相同。就是全有全无这几个字，在我看来，仿佛也没有什么分别。无限与虚无完全相似：两者均非人所能了解。我的意见，以为所谓'完成'这件'东西'实在价值太贵了。我们为了得到'完成'，我们便不得不把我们的完全生涯做代价，我们为要保持'完成'，我们便不得不停止我们的生存。这个就是所谓人类的不幸了。自从哲学家带头美化那上帝以来，实际连上帝自己也没有免去这个不幸。此外，我们如果不知道究竟什么叫非实在，结果，我们对所谓实在，也要莫名其妙了。我们是什么也不知道的。

有人说互相了解这件事，在人类是不可能的。但是我的思想恰恰相反，尽管我们争论不休，到头来却不可能不取得一致，最后总是并排着埋葬在我们所积起来的矛盾的堆底下面，有如奥萨山^①葬在贝利翁^②山下一样。"（译者按，巨人们反抗朱庇特之时，为要登到天上去，曾将贝利翁堆积在奥萨山上。）

科塔："我很喜欢哲学，在空闲的时候，我也研究哲学，但是只有西塞罗书里的才懂得、明白。奴隶们，来倒甜酒！"

加里克拉德："这真是一桩奇怪的事情！当我断食之时，我一想到悲剧诗人们列席于希腊统治者的宴会的时代，就有清水流到我的嘴里来了。但是我一尝到你这个宽宏大量的主人给我们喝的美酒时，我只幻想着世间的争战、英雄的流血了。活在没有光荣的时代，真让我脸红。我是主张自由的，我想象着我和最后的罗马人在非列白的战场上流我的血。"

科塔："共和制衰颓之顷，我的祖先为了自由，伴着布鲁图^③一齐死了。但是我们可以疑心所谓罗马人民的自由业者，实际不就是自治的能力吗？我不否认，自由是国民第一样的幸福。但是我年纪活得愈大，我却愈相信只有强有力的政府，才能保障人民的自由。四十年来我从事国家最高的职务，我的长期的经验教训我，当政权衰落的时候，人民便受压迫。所以像那大多数的修辞学家一样尽力要使政府衰弱的人，实在是犯了最可恶的罪孽。如果个人的意志，有时乱用起来了，全民协力便可起来制止，不准乱用。当古罗马平和的威光布满世界之前，人民的幸福不只是在聪明的专制君主下面

---

① 原译文为洼杀山。

② 原译文为丕利翁。

③ 原译文为白鲁多。

才得到的吗？”

海莫徒："主人，在我，我觉得政府的良好制度是没有的，并且我们无从发现什么良好的制度，像聪明的希腊人，他们想出那许多幸福的制度来，但是要找出一个政府的良好制度，却始终找不到。所以关于政府制度这一点，在我们，此后一切的希望是禁止的了。有人已认出世界快要沉沦于愚鲁与野蛮中间的先兆来了。我们是命中注定地要逢到文明之可怕的临终了。从智力、科学、道德，听得到的一切满足，到现在只剩给我们一种残酷的欢乐了，就是眼看着我去死亡了。"

科塔："百姓的饥饿、蛮子的暴动确然是可怕的灾祸。但是为了好的兵舰，好的军队，好的财政……"

海莫徒："自负有什么用呢？行将灭亡的帝国很容易成为野蛮人的俘虏品呢。希腊的天才和拉丁的坚忍所建设的都市不久就将为酒醉的野蛮人所侵略呢。哲学和艺术将在世上灭绝了。神明的形象不论在教堂里还是在灵魂里，都将一起倾倒。那是灵的黑夜，世界的死亡。请问我们如何能相信萨尔马特人①会研究理智的工作，日耳曼人会探讨哲理和音乐，加特人和麦尔公孟人会崇拜不朽的神灵？不会的！一切将沉沦于地狱。这个曾为世界的摇篮的埃及也将化为一大坟墓。死神塞拉比斯②将受人类最高的崇拜。我或许要做最后的神灵的最后的司祭呢。"

这时，有一个面孔很奇怪的人揭起了门口的锦幕，走到众宾客前面来了。这是一个矮小佝偻的男子，头秃而尖。他照亚洲的风气，穿着一件天青色的上衣，腿上像野蛮人一般穿着金星红色裤。一看见他，

_____

① 原译文为杀尔孟人。

② 原译文为山拉比。

巴福尼斯就认出是麦尔居，亚里亚尼教徒，僧正恐怕天上落下雷来，忙将两手捧在他头上，面色恐怖到发青。在这一班恶魔的宴会里，异教徒的渎神的言语、哲学家的可怕的谬误，均不足使他惊恐，独有这个邪教徒一出现顿时使他失了勇气了。他想逃走。但是他的眼光遇见了苔依丝的眼光，他突然间感到镇静了。他已了解那预定的选民苔依丝的灵魂，他懂得这个将成为圣女的苔依丝已经保护他了。他捏着苔依丝挂落在椅子边的衣衫的衣角，心中祈祷着救世主耶稣。

　　一阵恭维的声音欢迎着这个被称为基督教中柏拉图的来宾。海莫徒第一个和他说话："最有名的麦尔居，我们看着你都很快活，而且你来得正好，我们对于基督教义只知道公开所讲的一点儿。像你这样一个哲学家所想的一定和俗人所想的不同。关于你所宣扬的宗教的主要神秘，我们都等着你的意见呢。我们亲爱的谢诺旦米，你是知道的，他最热心研究宗教，关于犹太的《圣经》，刚才他询问过有名的巴福尼斯。但是巴福尼斯一句回答也没有，这是我们不应为之惊奇的，因为我们这个贵客是谨守静默的，上帝在沙漠里已将他的舌头封固了。但是麦尔居，你是在基督教会里，以至圣君士坦丁皇帝的评议会里，常常发挥你的雄辩的，如果你肯，你定能把那基督教神话中的哲学的真理启发给我们听，以满足我们的好奇心的。基督教真理的第一桩，不就是只有一个上帝存在这件事吗？对于这一件事，在我，我是很相信的。"

　　麦尔居："是的，可敬的弟兄们，我信仰唯一的上帝，不再多的，只有一个，永久的，万物的本源。"

　　尼西亚斯："麦尔居，我们知道你的上帝是创造宇宙的。这在上帝的生涯里，定是一大危机。他在决定要创造宇宙之前，已永久存在了。但是照我想来，他为了要公正，他的立场是最最为难的了。

他为了要'完全'，便不得不成为不动的；但是如果他自己要证明他是存在的，他便不得不动。你便要确实地对我说，他自己决定要行动。虽则这一点，在完全的上帝的方面看起来，是一桩不可恕的鲁莽，我却情愿相信你所说的，但是，麦尔居，请你对我们说：上帝究竟如何创造宇宙？"

麦尔居："像海莫徒、谢诺旦米等人，不是基督徒，而有了基督教智识的要点，便知道上帝创造宇宙，并非直接的，不是无媒介物的。他养了一个唯一的儿子，靠了这唯一的儿子万物才被创造。"

海莫徒："你说的是真的，麦尔居，这个儿子或名为海尔美，或名为米德梅，或名为阿多尼斯①，或名为阿波罗②，或名为耶稣，一样地受人崇拜。"

麦尔居："如果在耶稣、基督和救世主这几个名字之外，再给他另外一个名字，那么我完全不是基督徒了。他是上帝的真正的儿子，但他不是永久的，因为他有了个起始。至于以为他在产生之前已经存在的话，这是一种妄想，只好让尼山的牝骡去说，只好让那好久支配着亚历山大教堂的可咒的名字叫亚达那史的，那种顽迷的驴子去说。"（译者按，尼山系小亚细亚太古的都市。亚达那史是与邪教辩论而得胜利的人。）

听了这几句话，巴福尼斯面色发青，额上满是苦痛的汗水。他用手指画了个十字，仍旧谨守着他高贵的静默。

麦尔居继续说道："尼山的愚鲁的三位一体的信条，不用说是污辱唯一的上帝的威严的。因为这是想用上帝自己的分支——创造万物的基督，来划分上帝的不可分的特性了。尼西亚斯，请你不要嘲

①原译文为亚独尼史。
②原译文为亚波罗。

笑基督教的真神，你要知道上帝如田野里的百合没有劳动过。劳动的并不是上帝，是他唯一的儿子，这就是耶稣，他创造了世界，后来他就来赎回他的工作。因为创造是不能完全的，'恶'是必要的混在'善'的中间。"

尼西亚斯："什么叫善？什么叫恶？"

一会儿大家静默了，静默中，海莫徒的臂膊伸到台子上，拿出一头驴子来，是科林斯①市上的金属制品，小小的，驮着两个篮子，一个篮子里是白橄榄的实，另一个篮子里是黑橄榄。他说："我们看见这种橄榄的颜色的对照，觉得很好看。这一种是亮色，那一种是暗色，我们觉得很满足，但是如果橄榄有了思想和智慧，白色的便要说了：'白色的橄榄是善的，黑色的橄榄是恶的。'黑色的橄榄自亦厌恶白色的橄榄。我们判断起来便能好得多，因为我们是站立在它们的上面，犹如上帝站在我们的上面。我们人类只能看见事物的一部分：恶是恶的。在上帝，他是知道一切的，恶便是善了。自然，丑总是丑的，不是美。但是如果一切都是美，一切就要不美了。所以这正如比那第一个柏拉图更伟大的柏拉图第二所证明的一般，在这世上有恶的存在是好的。"

安克利德："更加道德地说起来，恶终究是恶的。不过这不是说那种不去破坏那'不灭的调和'的人。在那种歹人，他们能不破坏那不灭的调和而竟破坏了，恶终究是恶的。"

科塔："解释得真好！"

安克利德："世界原不过是优等的诗人的悲剧啊。创作这出悲剧的神明，他指定我们，每一个人都去做一个角色。他要你去做乞丐或王侯，或跛子，你就去做他指定你去做的角色，做要做得好好的。"

①原译文为郭林史。

尼西亚斯："当然的，做那悲剧里的跛子，要跛得像赫菲斯托斯①才好。疯狂的人要狂得像阿贾克斯②。叛逆的人叛逆起来，狡猾的人狡诈起来，杀人的杀人，那么当那悲剧表现了的时候，一切的角色，国王，正直的人，专制的独夫，暴虐的帝王，虔敬的修女，不贞的妻子，大群的市民，卑劣的暗杀者，等等，一切的角色都能受到那诗人的同样的赞赏了。"

安克利德："你把我的思想改了面目了，尼西亚斯，犹如将一个年轻美女变为郭尔公了。（译者按，郭尔公是奸诈残忍的人。）我很可惜你不懂得神明的本性、正义、永远的法则。"

谢诺旦米："诸位朋友，我是相信善恶的实在的。但我又深信人类不论哪一种行为，甚至犹大的吻，无不含有救世的苗芽。恶是扶助人类的终极解救。所以，恶是走在善的前面，恶是分得那赋予善的功绩。基督教的神话说得很好，说那个生着红毛的犹大为要出卖他的老师，给他老师一个恩爱的吻，他以为这样一种行为可以实现人类的解救了。所以，照我的意思，没有一件事是无道理的，是徒劳的。比如那保罗的几个弟子憎恶犹大，他们因为憎恶便去迫逐这耶稣的最不幸的使徒，全不想想犹大的接吻，是耶稣自己预言的，依照基督教义，为了超度人类，这是必要的。如果犹大不受三十个西克尔的贿赂，神明的睿智便将打消，神明的摄理便将错误，神明的企图便将失败，世界便将归于恶，归于无知，归于死灭了。"

麦尔居："神明的睿智预知犹大可以不和老师接吻的，却仍要和老师接吻。这样子，神明的睿智把犹大的罪恶当作救世的最壮丽的

---

①原译文为海反史督。赫菲斯托斯为古希腊神话中的火神，奥林匹斯十二主神之一，因长相丑陋且跛脚而被母亲厌恶。
②原译文为亚其耶克。

建筑物中的一块石子一般应用了。"

谢诺旦米："麦尔居，刚才我和你说过的，像我是相信人类的超度是靠钉在十字架上的耶稣而完成的，这是因为我知道基督教的信仰是如此的，并且因为我要把那相信犹大的永久处罚的人的缺点，捕捉得更加好一点儿，我把我深浸到基督教的思想里。但是讲到实在，耶稣在我眼中，只是巴西利德和范朗丁的先驱罢了。至于救世的神秘，好朋友们，你们或许没有多大兴味来听，我却要对你们说，救世的神秘是如何在地上完成的。"

宾客们都表示赞成。这时那携带着祭祀农业女神用的篮子的雅典处女们，十二个姑娘，头上顶着放满石榴和苹果的篮子，走进大厅里来了。她们脚步走得很轻，跟着那厅外的笛声的节拍。她们将篮子放在台上，笛声停了，谢诺旦米便又讲下面那样的话了：

"当安诺耶（译者按，意即上帝的思想）创造了宇宙之时，他便将地上的统治权委任给天使们。但是天使们一点儿没有做管理者所必需的威严。看见人间的女儿们是美丽的，到了晚上，在潜水场畔，他们就去袭击她们，便和她们去结婚了。从这种结婚里，产生出一种凶猛的民族，这种民族便在地上布满了不义与残酷，道路上的尘埃喝着无辜者的鲜血。看见了这种情形，安诺耶不禁无限地忧伤起来：'这是我所做成的吗？'他望着世界叹息，'为了我的过失，我的孩子们便沉沦于苦痛的生活里。他们的苦痛是我的罪孽，我总要赎回这种罪孽来。只靠着我，除了我，不会思想的上帝要把他们恢复到最初的纯洁也是不能的了。做的已做了。那创造是永久失败的了。至少，我是不抛弃我的创造物的。我如果不能使创造物和我一样的幸福，就会使我自己和创造物一样的不幸。我已经犯了过失，给他们以自辱的躯体，我将也有一个同他们一样的躯体，我将和他们一

处去生活。'

"这样说了之后，安诺耶便降下地来，投入一个堂达里特民族的胎里。从那胎里产出了一个柔弱的小女子，命名为海伦。同平常女子一样地生活，她不久长得很美丽、优雅。正如她从前所决心的一般，要在无常的人体中间经历着最污的污秽，她便长成最美丽的最动人的女人，成为放逸暴乱的男子们的柔弱的俘虏，她在诱惑和奸淫中生活，一切的通奸，一切的暴乱，一切的污行，通通都犯了，又依她的美貌惹起了人类的灭亡，以求上帝宽恕宇宙的罪恶。神的思想，安诺耶从没有受人如此崇赞的，像她和英雄们牧羊们行淫的时候。当诗人们把这个如此平和的、高贵的、宿命的女人来歌颂的时候，当他们向她礼赞着'海一样平静的明朗的灵魂呀'的时候，他们便了解她的神性了。

"安诺耶是如此这般地因为悯怜而堕入罪恶与苦痛里了，她死了，被埋葬在拉山台蒙。她品味了她所播种的苦的果子之后，享尽快乐之后，她是应该死了的。但是，从海伦的分解的肉体里逃出来的安诺耶，又化身为另一个女形，又重新扮演一切的暴乱。这样子，从这一个身体，到另一个身体，在我们人类之间送着不幸的岁月，她在自己身上担负了世界的罪恶，她的牺牲并不是徒劳的。靠了肉的羁绊和我们相联结了，同我们相爱，相泣，她将偿清她和我们的宿孽，她将我们挂在她雪白的胸前，带到重新得到的天国的平和里，使我们感激快活。"

海莫徒："这段神话，我也知道的。我记得人家讲过，在皇帝底培勒时代，神圣的海伦变了形，住在魔术师西门的旁边。但我总以为她的堕落不是出自本心的，是天使们硬把她拖入他们的堕落中间去的。"

谢诺旦米："海莫徒，那是事实，误解神秘的人以为忧伤的安诺耶对于她自己的堕落并不同意。但是如果照这种人的主张，那么安诺耶便不是赎罪的荡女，不是裹满一切污点的牺牲品，不是浸在我们耻辱的酒里的面包，不是美好的贡献品，不是积功积德的殉身者，不是汽水一直升到上帝前面的燔牲了。如果这一切都不是她自愿做的，她的罪孽里便一点儿德行也没有了。"

加里克拉德："谢诺旦米，复活于今日的这个海伦，叫什么名字，住在什么地方，怎样一种类貌，要我告诉你吗？"

谢诺旦米："要探出这样一个秘密来，是要十分智慧的呢。加里克拉德，但是可惜这种智慧，像那生活于形象粗俗的社会里的小孩子一般，把声音和虚空的幻象来娱乐的诗人是没有的。"

加里克拉德："无信仰的谢诺旦米，你不怕亵渎神明吗？诗人是为神明所爱好的。最初的法则就是不朽的神明自己用诗来写的，神明的教训也是诗篇，神明那悦耳的赞美歌具有美好的音节。谁不知道诗人是神圣的，谁不知道诗人是洞穿一切的？我即是一个诗人，戴着阿波罗的月桂，我自然能把安诺耶最近的投胎告诉你们大家。永生的海伦，就在你们身边。她望着我们看，我们也望着她，你们看哪，那个臂膊靠在椅中垫子上的女人，那样的美丽，简直梦一般的，她那对眼睛含着眼泪。就是她啊！美丽到像普里亚姆时代一样，像黄金时代的亚洲一样，安诺耶的名字现在是叫苔依丝了。"（译者按，普里亚姆系特洛伊最后之王。）

费利娜："什么，加里克拉德？那么我们可爱的苔依丝，是认识那穿着美丽的半靴，在衣里翁城前作战的帕里斯[1]、墨涅拉俄斯[2]、亚

---

①原译文为巴里史。希腊神话人物，因与海伦相爱而引发特洛伊战争。
②原译文为美来那史。希腊神话人物，阿伽门农的弟弟，海伦的丈夫，因海伦被帕里斯拐走而对特洛伊开战。

显汪的子孙的！苔依丝，特洛伊的马是巨大的吗？"（译者按，衣里翁乃特洛伊之古名称。帕里斯乃普里阿摩斯[①]之子，与海伦私通，从她的丈夫墨涅拉俄斯身边夺了她去。墨涅拉俄斯怒而攻特洛伊。）

亚里史督比尔："哪一个人讲到马？"

山来亚史叫道："我喝酒喝得像德拉史人一般的了。"（德拉史系希腊之地名，其地之人即称为德拉史人。）

他滚到台子底下去了。

加里克拉德举起他的酒杯来说道："我来吃一杯酒，祝贺海利郭山上的诗人们！他们给我一种记忆，那宿命的黑夜的暗翼绝不会弄模糊的记忆。"

老科塔已睡去了，那秃顶的头在他的广阔的肩上缓缓地摇动。

杜黎红在哲学家式的大衣里动起来了。他摇摇摆摆地走近苔依丝的椅子边，说道："苔依丝，我爱你呀，虽然我是不应爱恋女人的。"

苔依丝："为什么先前你不爱我呢？"

杜黎红："因为先前正是我绝食的时候。"

苔依丝："朋友啊，但我所喝的只是清水，我不爱你。"

杜黎红不要再多听她俏皮的话了，他看见杜洛姗对他丢着眼色，将他从苔依丝身边扯开，他就到杜洛姗身旁去了。那个谢诺旦米就去坐在杜黎红刚才离开的位子上，在苔依丝的嘴唇上亲了一下。

苔依丝："我想你比较有道德一点儿。"

谢诺旦米："我是完全的。凡是完全的人不受任何法则所束缚。"

苔依丝："你竟不怕倒在女人臂怀里污秽你的灵魂吗？"

洋灯一盏盏地熄灭了。早上鱼肚色的光亮从大厅上锦幕的缝里

---

①原译文为伯里亚姆。希腊神话人物，帕里斯的父亲。

射进来，射到宾客们苍白的脸上和发肿的眼上。紧握着拳头，胡乱地睡在山来亚旁边的亚里史督比尔，梦里派遣他的马夫们去搬石臼。谢诺旦米将疲乏的费利娜紧抱在怀中。杜黎红将葡萄酒灌在杜洛姗露出的喉头上，她笑了起来，那葡萄酒便如红宝石一样流到那震动着的雪白的胸膛上。这个哲学家便用他的嘴唇追来追去地喝那流在滑嫩的皮肤上的酒。安克利德站了起来，将他的臂膊去放在尼西亚斯的肩上，把尼西亚斯拉到大厅的深处。

"朋友，"他微笑着对尼西亚斯说，"我见你还在思考，你思考的是什么呢？"

"我想女人的爱情正像阿多尼斯的花园。"（译者按，阿多尼斯，希腊之美少年，被野猪咬死。维纳斯哀之，将其变为一种花。）

"你说的是什么意思呢？"

"安克利德，妇女们每年为了维纳斯的爱人，在她们的土台上建造小花园，把花枝种在泥盆里，你不知道吗？这种花枝绿了不多时就褪色了。"

"朋友，这种恋爱，这种花园，何必要我们来用心呢！执迷着过去的事情，那真是呆子。"

"如果'美'只是个影子，'欲望'只是一闪的光。那'欲望'、那'美'有什么愚鲁呢？恰恰相反，一定要死灭的生者去追逐无常的色味，一闪的亮光去吞灭滑走的阴影，不是反而更加有点儿道理吗？"

"尼西亚斯，我看你真像个玩骰子的小孩子。请你相信我的话：要自由地生活，生活自由，人才是个人。"

"安克利德，人有肉体的时候，请问如何能够自由？"

"你立刻就可以看见了。过一会儿，你要说：安克利德是自由的。"

那个老头儿安克利德靠在云斑石的柱子上讲话，脸上映着朝阳。

海莫徒和麦尔居走了过来，站在尼西亚斯的旁边，安克利德的前面，四个人不管醉汉的欢呼声，讲着宗教的问题。安克利德用着极多的智慧来发表他的思想，甚至麦尔居对他说："你才有资格来认识真正的神明。"

安克利德答道："真正的神明是住在贤人的心中的。"

接着他们谈论到死的问题上去了。安克利德说道："我希望当我正在矫正我自己的时候，专心尽我一切的责任的时候，死神来找到我。在死神面前，我将向天伸起我纯洁的两手，我将对神玥说：'神明呀，你们放在我灵魂的庙堂里的你们的形象，一点儿也没有被我污秽，并且我在你们形象上悬挂着我的思想，犹如悬挂着花束、额带和花冠一样。我是跟从着你们神明的思虑而生活着的。我已活得够了。'"

讲着这样的话的时候，他将两臂伸向天空，他的脸上辉耀着光亮。他静想了一会儿，接着他又非常快活地说起话来了："安克利德，离开生命吧，犹如成熟的橄榄，感谢着拥抱它的树木，祝福着养育它的大地而落下来！"

说完这几句话，他便从衣衫的褶襞里拔出一把短刀来，猛向自己的胸口刺了进去。

当时听他讲话的三个人连忙一齐拉住他的臂膊，可是那刀尖已穿过了心脏，安克利德是永久休息了。这时妇女们尖厉地叫着，睡梦中的宾客因为惊破了他们的好梦而怒鸣着。在挂毡的暗影里还有已过去的欢乐的呼吸声。在这嘈杂的中间，海莫徒和尼西亚斯把这鲜血淋漓的脸色苍白的尸体搬到餐宴的一张长椅子上，从军人式的轻微的睡眠里醒转来的老科塔已经在尸体的面前了，看着那伤处，叫唤道："去叫我的医生亚利史旦来。"

尼西亚斯摇摇头，说道："安克利德已无救了，他要求死正如人家要求恋爱。他正像我们大家一样，服从了难于言说的欲望。现在也是像毫无一点儿欲望的神明一般了。"

科塔打着他自己的额角，叫唤道："死吗？还能为国家服务的时候，竟要死，这是何等的错乱呵！"

然而这时巴福尼斯和苔依丝还是一动也不动，静默无言，并排坐着，灵魂里充满着厌恶、恐怖与希望。

突然巴福尼斯拉着女优的手，和她跨过了倒在情伴爱侣旁边的醉鬼，脚踏着那飞散着的葡萄酒和鲜血，他把她拉到外面去了。

日已上升，街道上映着玫瑰色的光亮，竖立着圆柱的长廊在寂寞的道路两旁一直延长过去，尽头处是亚历山大坟墓的闪着光的墓顶。道路中央的石板上，到处散乱着坍破的花环、熄灭的火炬。空气里感觉到一种大海里的新鲜气息。巴福尼斯狠毒地将身上华丽的衣衫扯去，扯下来的布片都在脚下乱踏了一回。

"我的苔依丝，你听见他们了！"他叫了起来，"他们说出一切的妄言来，一切的昏话来。他们把地狱里恶魔的侮辱来加在神圣的万物的造物主身上，毫无廉耻地否定了善恶，亵辱耶稣，妄赞犹大，比任何人都龌龊的，那条地狱里的污狗，那只狐狸般的畜生，充满腐烂与死亡的亚里亚尼教徒，张开了他坟墓般的嘴。我的苔依丝，你看见他们了，这种污秽的蜒蚰向着你爬过来，要用他们的臭汗来污秽你呢；你看见他们的，这种畜生睡在奴隶们的脚跟下面；你看见她们的，这些雌狗在那呕满了龌龊的地毯拥抱着；你看见他们的，这个乱暴的老头儿，泼着比泼在淫乐里的酒更污秽的鲜血，乱吃乱喝的结果，不意将自己投掷到上帝的面前了？赞美上帝！你已经看见了迷误，你已知道那迷误是何等的丑恶。苔依丝，苔依丝，苔依丝，请你想想这种哲学家的狂乱，你自己说，你还是要和他们一处去狂乱吗？请你想想，他们的相配的女朋友们，那两个阴险淫猥的娼妇的笑声、姿态和眼光，请你自己说你要不要像她们！"

苔依丝心里想到这一夜的种种厌恶，不禁重新感觉到男子们的无情与乱暴、妇女们的歹恶、时间的重压了。她叹息道："呀，我的神父，我疲乏到要死了！什么地方可以得到休息呢？我觉得额上仿佛在燃烧，头脑空空的，手臂是这样的倦怠，就是有人将幸福送到我的手上来，我简直也没有力量来把握了……"

巴福尼斯善意地向着她看："呀，我的姊姊，拿出点儿勇气来，休息的时间为了你已起来了，洁白纯净像你看见的从花园里，从水面上升起来的蒸气一般。"

他们俩走近苔依丝的家了。那环绕在银府洞口的筱悬木和"的列并"，在朝气露水里摇曳着，露出于墙头的树梢已呈现在他们眼前了。他们走到那荒凉的广场上，广场的四周围绕着的是石碑和还愿的雕刻像。广场的四隅是半圆形的大理石的凳子，凳脚都是雕成怪物形的。苔依丝就在一张这种凳子上坐了下来，接着她仰起忧郁的眼睛望着巴福尼斯，她问道："怎么办呢？"

巴福尼斯答道："应该跟从那个来找你的'他'。他会使你离开世俗，犹如采葡萄的人，将那要烂在树上的葡萄采下来，放在榨床里变成香酒。请听我：离开亚历山大约走十二小时的西面，离海不远，有一座妇女修道院，那院中的规则，真是从智慧里产出来的杰作，理应谱成抒情诗，和着胡琴铜鼓的声音而歌唱的。那院中的妇女，正如人家说的，一脚踏在地上，头却是伸入天国的。她们在这世上经营着天使的生活。她们自愿贫穷，好使耶稣爱护她们；自愿谦逊，好使耶稣眷顾她们；自顾贞操，好使耶稣视她们为侣伴。耶稣穿着园丁的衣服，赤着脚，伸开他美丽的手，正如他从墓道上走到玛利亚身边去一般，每天来访问她们。我的苔依丝，今天我就要领你到这个修道院里去，不久你就可和这些圣女们在一处，像她们一样去和神明谈话了。她们等待着你，正如等待一个姊妹。到修道院的门口，她们的母亲——就是那个虔信的亚尔平，要给你一个恩爱的亲吻，并且要对你说：'我的女儿，我欢迎你！'"

苔依丝不禁叹道："亚尔平！皇帝的一个女儿呀！卡鲁斯[①]皇帝的小侄女呀！"

"正是她呀！亚尔平生于皇家，身上却穿了粗毛布，世间主宰的女儿，却列入耶稣基督的仆人的中间了。她就要做你的母亲。"

苔依丝站了起来，说道："那么就领我到亚尔平的屋子里去。"

终于得到了胜利的巴福尼斯说道："我一定领你到那儿去，到了那儿，我将你关在一间独居的小房间里。你在房里就可以痛哭你的罪恶。因为没有洗尽你一切污秽之前，你和亚尔平的女儿们搅在一处是不大方便的。我将你的房门封上了封条，你将如最幸福的幽囚者，在你眼泪洗面之时，等待耶稣自己的到来，等到我封上的封泥破碎的时候，就是耶稣宽恕你了。你不要疑虑，耶稣是一定会来的。当你感觉到光明的手指来按在你的眼上，为你揩拭眼泪的时候，你的灵魂和肉体将被怎样的感激所扰动呀！"

苔依丝重新说道："我的神父，你领我到亚尔平的屋子里去。"

心中满溢着欢乐，巴福尼斯的眼睛向四面观看，他简直几乎毫无恐怖地享受着欣赏创造物的快慰，他的眼睛鲜美地喝着上帝的光明，英名的感激流过他的额上。突然间，他看见广场的一隅的一扇小门，从这扇门进去，就是苔依丝的屋子。树梢遮着苔依丝庭院的

---

①原译文为嘉卢。罗马帝国皇帝，公元282—283年在位。

美丽的树木，他先前是赞美过的，想到了这一点时，他又想到那把如今这样清新的空气都腐化了的种种淫秽了，他的灵魂便突然寂寞起来，一滴苦泪从他的眼中落了出来。

"苔依丝，"他说，"再不要回顾了，我们就逃避吧。但是喊出你秽行来的，做了你过去的罪恶的器具、证据和共犯者的，那种厚的挂布、床子、毯子、香水瓶、洋灯等，还让它们残留在我们后面吗？你要这种器具追着你一直跟到沙漠里去吗？要知道这种器具里，恶魔们给予生命，由那盘踞的恶鬼指挥着呢。做过恶魔的机关，这种污秽的桌子、龌龊的椅子会动，会讲话，会在地上行动，会在空中飞走，这是事实，决不骗人的。凡看见过你的耻辱的一切都拿来消灭了吧！苔依丝，赶快做吧！趁人家还在睡梦之中，你就命令你的奴隶，在这广场上架起木柴来，把你屋中所有的一切可恨的奢侈品通通都烧毁了。"

苔依丝听从了他说的话。

"我的神父呵，照你心里要做的去做吧。"她说，"我知道没有生命的物品，有时也会做了妖魔的住所。到了夜间，有几种器具真的会讲话，或者嘀嗒嘀嗒发出很有规则的声音来，或者发出像信号一般的微光，但是这一切还没有什么。我的神父，银府洞口的右面，你看不见有一个裸体的女人正在预备沐浴吗？有一天，我亲眼看见这个雕像旋转她的头来，正像一个活人，接着她就恢复了原形，我吓得四肢都发冷了。我把这件奇事讲给尼西亚斯听，他反而嘲笑我，但是我相信这个雕像里定有什么魔法的。因为这个雕像曾使一个达尔马人——对于我的美貌无动于衷——起了激烈的欲念。我一定是在具有魔力的东西中间生活的了，一定是在非常危险的中间了。有人看见过人家拥抱着青铜的雕像，就闷死了的，然而用着稀有的技巧来做成的贵重物品，通通破坏是实在有点儿可惜。如果把我的毯子、我的挂幕都烧毁了，这是一桩大损失呢。其中有几件，颜色美丽得真可爱，送给我的人费了许多银钱才买来的。我还有价值极贵的杯子、雕刻和图画，我不想把这一切来毁弃。但是我的神父，你是知道哪几种是必要的，照你心里要做的去做吧。"

讲着这样的话，她跟着巴福尼斯走到那扇小门口，在这门口是挂过好多的花环和花圈的，推开了门，她吩咐管门的去叫出屋中所有的奴隶。四个印度人，是厨子，最先出来。他们四个人都是黄皮肤，都是一只眼。聚拢这四个同种而且同样残废的奴隶，在苔依丝确是一桩大工程，也是一件大趣事。他们侍候饭食时，总引起宾客的好奇心。苔依丝于是逼着他们讲出他们自己的经历来。他们现在出来了，都静默地等着。其次出来的，是厨子的下手。接着又来了马夫、管狗的人、轿夫、像青铜做的供差遣的仆役、两个像伯利亚巴毛森森的园丁、六个凶巴巴的黑奴，还有三个希腊的奴隶：一个是文法家，一个是诗人，一个是歌手。他们都在公共的场上站立整齐的时候，几个心上诧异而不安的女黑奴赶来了，圆圆的大眼睛滴溜乱转，扯开着的嘴，一直扯到碰着耳环边。最后，有八个美貌的白皮肤的侍女，整理着披在身上的薄绢，脚上露出小小的金链条，面色很忧郁的样子，毫无气力地走出来了。大家都已到齐时，苔依丝便指着巴福尼斯向他们说道："你们听着这个人的命令去做事，上帝的心是在他的身上的，你们如果不服从他，就要死。"

她听见别人说过，沙漠里的圣徒们有一种力量，能把他们用手杖打过的无信仰者，投入喷出烟来的张开着嘴的大地里，她是信以为真了。

巴福尼斯先叫妇女们回去，叫那像她们一般的希腊奴隶也回去，然后对其余的说道：“你们去拿木柴来放在广场中央，生起个盛大的火堆来，然后把屋中以及洞中所有的一切都投入火里。”

他们都惊奇了，站着一动也不动，眼睛望着他们的女主人，看她的意志。但是苔依丝毫无气力，一声也不响，他们互相挤在一处，臂膊挽着臂膊，心里疑虑着这不是讲笑话吗。

巴福尼斯说道：“服从我说的话呀！”

许多奴隶是基督教徒，懂得给他们的命令，他们到屋子里去找木柴和火炬。其余的奴隶学着基督教的奴隶的样子，并且没有一点儿不快，因为穷人厌恨财富，并且本能地喜欢破坏，奴隶们已生起火了，巴福尼斯便对苔依丝说道：“我曾想去叫亚历山大城中教堂里的会计来（如果城中还剩一个值得称为教堂的，还没有被邪教的畜生污染的话），把你的财产都给了他，叫他去散给寡妇，把那从罪恶里得来的利益变为正义的财宝。但是这个思想不是从上帝身边来的，我把这种思想赶开了。苔依丝，凡你所接触过的一切都应该用火烧去，连灵魂都烧毁。奴隶们，赶快些！再多拿点儿木柴来！再多拿点儿火把来——你，女人，回到你屋子里去，把你污秽的装饰都除去，你去向你的最卑鄙的一个奴隶，求讨她洗地板时穿的一件衣衫来，讨这衣衫要看作求讨一种特别的恩惠似的。”

苔依丝听从他说的话。印度人跪着吹旺火时，黑奴们将象牙的、黑檀的、柏香木的箱子投入火里，箱子盖跌开了，帽子呀，竹饰呀，就都滚了出来。那黑烟像从前老习惯举行很快活的燔牲祭时一般的，向空中升起一个黑色的圆柱。接着蔓延于地上的火突然炽烈，仿佛是怪兽的叫声，那火焰几乎一点儿也看不出地开始吞没它们珍贵的食物了。这时，奴隶们大胆地干起来，他们很轻快地把那华丽的毯子、绣银的纱绢、花帐拖出来。他们搬着台子、椅子、厚的垫子、装饰着黄金屑的寝床跳着走出来。三个强壮的爱底洼人抱着涂着彩色的女神像出来了，其中的一个犹如真的活人一般地被人喜爱。看那两个人的样子，正如抬夺女人的大猿。这几个裸体美女，从这三个怪物的臂怀里落下而粉碎于石板上时，仿佛听见发出叹息一般。

这时候，苔依丝已回来了，分散的头发，犹如长长的波浪般流在背后，赤着足，虽然身上穿着的一件不配身的、粗制的、只能蔽体的衣衫，但是脸上却浸透有神秘的愉悦。她的背后，跟出一个园丁来，抱有一个象牙的爱神像。这个神像在园丁波动着的胡子间，仿佛是在游泳。

她做一个手势叫那园丁停步，她走近巴福尼斯身边，指着这小小的神像给他看，问道："我的神父，这个也应该丢在火焰里吗？这是非常古老的神奇的雕刻呢，价值足抵百倍同样重量的黄金。如果这个也烧去，真是不可补救的大损失了，因为世间再没有一个巧匠能够做出这样美好的爱神像来了。我的神父，请你也想想这个小孩子是爱神，不应该虐待他的。请你相信我吧！爱神是一种德行，如果我犯了罪恶，也不是他的缘故，我的神父，这是因为我违背了他。他叫我做的事情，我决不后悔。我只痛哭我做了他禁止我做的事情。他是不许女人委身于不依他的名义而来的男子们的。这一点，我们就应尊重他了。看呀，巴福尼斯，这小小的爱神多么美丽！他藏在这园丁的胡子里多的可爱！有一天，那时尼西亚斯还爱着我，他拿了这爱神像来给我，对我说道：'他会讲到我的。'但是这个顽皮的小孩子讲到的，是我在汪底洼旭所认识的一个青年，却不是尼西亚斯。我的神父，这堆柴火里已烧毁了很多的财产了！保存了这个爱神吧，把他放在随便哪一个修道院里好了。人看见了他，便会转心归向上帝呢，因为爱神本知道自己向着神明的心啊。"

园丁已经以为爱神可以得救了，他仿佛对着小孩一般向这爱神微笑着的时候，巴福尼斯却过来从他臂中夺了那爱神去，抛入火焰里了，叫道："传布一切毒物的尼西亚斯接触过他，他已经够有资格被烧毁了。"

接着他自己来动手。闪光的衣衫、红色的外衣、黄金的木梳、除垢器、镜子、洋灯、胡琴、七弦琴拿了满手，一一抛在火焰里。这火焰呀，真是比杀尔达那巴勒的柴火还要奢华了。陶醉于破坏的欢乐里的奴隶们，在那雨一般的火花火灰之间，跳起舞来，同时叫出兽类似的呼声。（译者按，杀尔达那巴勒系公元前836年至公元前817年间亚希里的国王，因为他经营着奢侈华丽的生活，国内起了革命，国王在城中被围困两年，一天城破了，敌人进入城内。国王即在宫廷里搭了个柴火场，把宝物和宫女一齐烧毁。）

邻舍们一个个都被那声音惊醒了，推开了窗子，擦着眼睛，看看哪里来了这许多黑烟。接着大家都衣衫不整地走到广场上来，走近柴火边。

"是怎么一回事呀？"大家都这样想着。

这许多人中间，有的是苔侬丝常常去购买化妆品和衣料的商店的商人。他们都很不安地伸长了他们黄皮肤的、薄情的头，观看究竟是怎么一回事。放荡的少年们，带着走在他们前面的奴隶，从夜间的宴会里出来，经过那广场。他们额上戴着花朵，穿着飘飘然的披衫。他们在广场上也都站定了，喊叫起来。这一堆好奇的群众，一刻一刻增多起来了，不久就知道苔侬丝听了汪底诺的僧正的劝告，要进修道院，未进之前，先把她的财宝来毁弃。

商人们于是想道："苔侬丝离开了城市，我们一点儿东西也不能卖给她了，想起来真有点儿可怕。没有了她，我们将怎样呢？这僧侣叫她发昏了，他让我们灭亡了。为什么人家让他这样做？法律用在什么地方？亚历山大没有一个法官了吗？让苔依丝竟全想不到我们，也不想到我们的女人和我们可怜的孩子们了。她的行为是大众的丑闻，应该强制她留在此地。"

少年人也在想："如果苔依丝抛弃了演剧，抛弃了恋爱，我们便失去了最可爱的娱乐了。她是舞台上的美妙的光荣，甜蜜的荣誉！她能使不快活的人快活起来，我们爱女人，因为她才爱的。因为她是欢乐中的欢乐，只一想到她是在我们中间呼吸这一件事，就能激起我们的愉快啊。"

少年们是如此这般地想着，其中有一个名叫塞隆斯^①的，是苔依丝的情人，向着巴福尼斯怒吼起来，又痛骂基督。在种种人聚成的群众中，苔依丝的行动受着严重的责罚了：

"这是一种可耻的逃避！"

"是一种卑怯的抛弃！"

"她从我们嘴里抢去了面包。"

"她夺了我们女儿的嫁妆费。"

"她至少应该付我卖给她的花冠钱。"

"她定做了六十件衣服应该讨价。"

"她对于无论哪一个都负着一笔债。"

"她走了之后谁来表现意非钱尼、爱莱克德儿、波利克赛娜呢？就是那个美丽的卜里勃也不能像她那样成功。"

"她的家门关了之后，生活都要阴惨起来了。"

"她是亚历山大天空中的明星美月。"

城里最有名的叫花子们、盲人、跛子、瘫子，现在都聚集在广

———————
①原译文为山龙史。

场上了。他们在有福气的人们的阴影里来回，哭诉般地说道："苔依丝不再养活我们了，我们将如何生活？她饭桌上聚起来的面包屑，每天已能养活两百个苦人了，她的情人们很满足地离开了她，路过看见我们时，将银钱掷给我们。"

散布在群众中间的扒手们大声呼喊起来，拥挤起来，为使秩序更扰乱，以便从中偷窃若干珍宝。

只有那个贩卖米兰羊毛、泰朗德苎麻的老旦特，在混乱的中间倒一声也不响。苔依丝还欠他一笔很大的款子呢。旦特竖着耳朵，斜转着眼睛，摸着他山羊式的胡子，似乎在沉思。后来，走到塞隆斯身边，他拉着青年的衣袖，轻轻地对他说道："贵公子，你是苔依丝的爱人呀，你走出来呀！那个僧侣把她从你身边夺了去，竟一声也不响。"

"呀呀，不会给他夺去的！"塞隆斯叫了起来，"我要去和苔依丝讲话，不是吹牛，我想她对于我的话，比那个涂满黑煤的管马般的人的话，总要更听一点儿。让开，让开，穷鬼们！"

他在群众间用着拳头打进去时，把老太婆撞翻，把小孩子踏在脚下，终于挤到了苔依丝身边，拉着她走到一边，对她说道："漂亮的姑娘，你且看看我，你且想想，你自己说你真的抛弃恋爱了吗？"

但是巴福尼斯行到他们俩的中间来，叫道："没有信仰的东西，你手指触着这女人，不怕死吗？她是圣女，她就是上帝的一部分。"

"滚开，你这只猩猩！"塞隆斯怒叫起来，"让我和我的情人讲话。你不走开，我将拉着你的胡子，把你这猥琐的身体投在火里，像熏腊肠一般将你火炙起来。"

他伸出手来，按在苔依丝身上。巴福尼斯自己也不知从哪里来了一种强大的力量，将他一推。塞隆斯身体摇了几摇，向后跌了过去，跌了四步路，正跌在滚来的柴火中间，那堆烈火下边。

一方面那个老头儿旦特，拉着奴隶们的耳朵，吻着富人们的手，煽动每个人起来反对巴福尼斯。一下子，已有一小堆的人决心向那掠夺苔依丝的僧侣进攻。塞隆斯面孔熏得乌黑，头发也被烧去，烟呀，愤怒呀，几乎把他闷死了。他从地上爬了起来，诅咒着神明，也加入那一团作战的人去。在这一堆人后面，爬着的便是挥着棒的乞丐们。一下子，巴福尼斯便被包围在伸出的拳头、竖起的棒和嘶喊的叫声中间了。

"去把他钉在十字架上！去把这个僧侣钉在十字架上！"

"不，把他掷在火里，把他活活烧死！"

已经获得了美丽的俘虏品的巴福尼斯将苔依丝紧紧地抱住在他的胸口。他像雷鸣般地叫道："没有信仰的东西，鸽子已在天主的老鹰的手里了，再不要想来夺取。还是来学学这个女人吧：照她的样儿，把你们的粪秽变成黄金；照她的样儿，抛弃你们虚伪的财富吧。你们以为是你们有财产，哪知道是财产有你们呢。你们赶快，时间近了，神明的忍耐要疲倦了。你们去悔改，去忏悔你们的耻辱，去哭，去祈祷吧。跟着苔依丝走去。憎恶你们的罪恶——和苔依丝的罪恶一样大的罪恶。你们这中间，不论穷人、富人、商人、军人、奴隶或高贵的市民，哪一个胆敢在上帝面前说自己比一个妓女高贵？你们这所有人不过是活着的尘芥罢了。你们没有突然沉溺于泥泽之中，还是上帝慈惠的奇迹呢。"

他说话的时候，眼睛里迸出火来，嘴唇里像吐出火炭来一般。包围着的人忘我般地听他讲话。

但是那个老头儿旦特一点儿也不懒惰。他拾着石子儿和贝壳儿，藏在他的披衫的褶襞里，他自己不敢把石子儿掷出去，便把石子儿和贝壳儿交到乞丐们的手里。立刻，那石子儿飞起来了，一个贝壳儿笔直地飞过去，把巴福尼斯的额头打破了。流在殉教者暗淡的脸上的血，飞溅到悔改的苔依丝的脸上，简直又是新的一次洗礼了。被紧紧地抱在僧侣胸口的苔依丝，嫩皮肉擦在粗糙的惩戒带上，便感到一种恐怖，同时又感到一种欢乐。

这时候，有一个衣衫穿得很漂亮的额上戴着花冠的男子，向那愤怒的群众中间挤进去，他叫道："住手！住手！这个僧侣是我的弟兄。"

这是尼西亚斯，他刚闭紧了哲学家安克利德的眼睛出来，要回家去。经遇此地，看见柴木的烟火、穿着粗布衣衫的苔依丝、受伤的巴福尼斯，倒并不十分惊奇（原来没有一样能使他惊奇的）。

他反复说道："住手，我对你们说，住手，宽恕了我的旧同学吧。请尊重巴福尼斯的尊贵的头颅吧。"

他虽然和哲学家说惯高尚的说话，但是没有一点儿威严的力量可以征服群众。人家不听他的。一阵一阵的石子儿和贝壳儿的雨散落到僧侣的身上去。僧侣用身子遮着苔依丝，赞美着天主，以为天主会把他的伤痕变成亲爱的抚摩。

力量和语言都不能使群众服从，朋友一定救不出了。尼西亚斯想，让上帝的心去办吧，虽然他对于上帝是没有信仰的。一瞬之间，他对于人类的轻蔑忽然替他想出一条计策来了。他就要应用这条计策了。他从那条腰带里拿下一个钱袋，钱袋里装满着金币和银币，是一个奢侈而慈悲的人的钱袋；接着他就跑到乱掷石子儿的人的身边，在他们的耳朵旁把钱袋摇动起来。这一帮人正在慷慨激昂的时候，所以最初倒并没注意，后来他们的眼光渐渐地转射到那叮当响着的黄金上了，立刻他们的臂膊软了，不再去威吓那个巴福尼斯了。

看见已牵过他们的眼睛、他们的灵魂，尼西亚斯便拉开他的钱袋，将几枚金币和银币掷在群众中间。顶贪钱的几个便弯下身子来拾取了。这哲学家看见第一次成功了，便把他的钱币东边掷一点儿，西边掷一点儿，听了钱币掷在石板上的声响，做刽子手的一团人便都蹲到地上来了。乞丐、奴隶和商人争着在地上拾取。聚在塞隆斯四周的贵公子们，笑着观看那种情景。塞隆斯自己也忘记了他的愤怒。他的朋友们鼓励着俯着头的竞拾者，选举那选手出来，并且赌输赢。竞拾者中间起了纠纷了，他们就刺激这种可怜虫，像斗狗的时候刺激着狗一样。有一个坐着走的乞丐拾得一个待拉克姆（希腊钱币名），拍掌喝彩的声音就一直响到云汉。青年们自己也投掷起钱币来了，整个广场上，只看见无数的人背，在铜圆的阵雨下，像激荡的海涛一样互相行撞。巴福尼斯是已被忘去了的。

尼西亚斯就赶到巴福尼斯身边，将他罩在大衣里，拉着他和苔依丝一齐逃往人家所追不到的小路上去。他们一声不响地跑了若干时候，已走到平安的地带了，他们就放慢了脚步。尼西亚斯仍旧用着嘲笑的调子，带一点儿伤惨的，说道："是做到这样了，柏鲁东感激地狱的女王呢，苔依丝是要远离了我们，跟我这个粗野的朋友走了呢。"

苔依丝答道："尼西亚斯，像你这种人，常常微笑着的、香喷喷的、亲切的，而又自私自利的人，我和这种人生活，真的已弄到疲倦了。我所认识的一切，我都疲倦了。我要找出我所没有认识的东西来。我所感到的欢乐原来并不是欢乐。现在这个人指示我，真正的欢乐是在痛苦里的。我相信他了，因为他是个握有真理的人。"

"可爱的灵魂呀，"尼西亚斯微笑着说，"我是握有种种的真理的呢。他是只有一个真理，一切的真理，我却都有了。我比他还要富有，但是老实说，我并不比他更骄傲、更幸福。"

　　看见巴福尼斯如炬的目光看着他，便说道："亲爱的巴福尼斯，你不想我以为你是非常滑稽、完全失去理智的吗？如果把我的生活和你的相比较起来看看，我总不知道哪一种是美好。我一回到家里，就到克落皮勒和米尔达勒预备好的浴盆里去洗澡，去吃野鸡的翅膀，接着就去读书，虽然已读过一百次了还要去读，就是读几篇米兰国的寓言，念几篇梅德落独儿的著作。至于你呢，你一回到你的独居的斗室，就要像一匹驯良的骆驼，跪在地上，念起咒语来，我虽然不知道那咒语是怎样的，总之，你要把那好久以前就在人家嘴里咀嚼再咀嚼的咒语搬出来念了。到了夜里，你便吃着不放油的萝蔔，哎！亲爱的朋友，这两种行动，外在看起来是不同，其实我们俩都是服从那人类一切行为的唯一的动力——感情，我们俩都是要求我们的欢乐，我们俩都要达到相同的终点：就是幸福，就是不可能的幸福！如果我说我自己是对的，好朋友，我也不会说你是不对的。

　　"至于你，我的苔依丝，你去吧，好好地去快乐地生活一下子，在那禁欲和苦乐之中，比从前在富丽欢乐之中，或许还要幸福一点儿，假使是可能的话，一切都取得了，我敢对你说，你是值得被羡慕的。因为我和巴福尼斯，在我们的生涯里，跟着我们的本性，我们只取得一种满足，你，亲爱的苔依丝，你的生涯，却尝到两种相反的欢乐。两种相反的欢乐给一个人去认识是很少有的呢。实际，我也想做一小时的圣人，正像我们亲爱的巴福尼斯那样子。但是这一点，竟不许我做到。再会吧，苔依丝！去吧，到你的本性和你的命运的秘密势力所领你去的地方去吧。去吧，将我尼西亚斯的心愿带到远处去。我知道这是空虚的，但是我不能给你一点儿更好的东西吗，比起那幼稚的伤心，比起那徒然的祝愿？（这种祝愿是当作甜蜜的幻景的价值的呢，至于那甜蜜的幻景；从前我在你臂中时，是包裹着我的，到现在我心上还留着个影子。）再会了，我的好人儿呀！再会了，自己不知道自己这一点儿的善呀，神秘的德行呀，人间的欢乐呀！再会了，在这虚伪的世上，为了一个未知的目的而去的，自然所投入的姿态中最可崇赞的人呀！"

他这样讲话的时候，一种阴暗的愤怒包裹在巴福尼斯的心上了，愤怒爆裂而成为诅咒了。

"滚开，恶魔！我轻蔑你，我恨你！滚开，地狱里的子孙，你是比刚才骂我的，用石子儿掷我的可怜的狂人，还要坏一千倍。他们是不晓得自己所做的事情的，我为他们向上帝请愿，上帝的恩惠有一天会降在他们的心中。但是你，可恨的尼西亚斯，你只是一种不义的恶意，一种残酷的毒药。你嘴里呼出来的一口气便是绝望与死亡。只是在你的一个微笑里，比撒旦火焰的嘴唇一世纪间只吐一回的渎神的话含着更多的亵渎。走到后面去，为神明所弃的东西呀！"

尼西亚斯仍很温柔地望着他。

"再会，我的弟兄，"他向巴福尼斯说，"希望你能把你的信仰的、你的愤恨的、你的爱情的宝库，一直保守到最后的一天。再会了！苔依丝，你便要忘记我也是徒然的，因为我会经常记着你的。"

尼西亚斯便和他们分别了，沉思着从那条弯弯曲曲的小路走去。那条小路的邻近便是亚历山大的大墓地，路上尽是葬具店。葬具店里满放着泥做的小偶像，是用鲜明的色彩画出的神明、女神、俳优、妇女、有翅翼的小妖精等。原来那时的习惯，尸体下葬时常用这种泥像陪葬。尼西亚斯想到他眼见的这种偶像中，或许有一两个要做他永久睡眠时的伴侣的，他仿佛觉得有一个小小的爱神，翻起披衫，向他嘲笑。预想到自己的丧葬，不免使他也很悲伤，为了要解除他的忧伤，他便想哲学，立出一种理论来。

"一定的，"他自言自语地说，"时间是毫不实在的，只是我们心上纯粹的幻景罢了。时间既没有，如何会把我的死亡带给我呢？那么我就是永远地活着吗？不，我以为我的死是常在的，将来有我的死，现在也有我的死，死是常在的。我现在还没有感觉到死，然而死已存在了，我不应该怕死，因为怕那已经来了的东西的到来是痴愚。死的存在，正如我在诵读而尚未读完的书籍的最后一页。"

一路上这种推理占据着他的心，但是并不使他愉悦，到家门前时，他的魂灵还是暗淡着的，他在门口听见克落皮勒和米尔达勒的爽朗的笑声，她们正在玩儿球，等待他的归来。

巴福尼斯和苔依丝从月门走出了城，沿着海岸走去。

"女人呀，"他说，"这个蔚蓝的大海都不能洗涤你的污秽。"

他又带着愤怒和轻蔑对她说话："你比雌狗、母猪还要龌龊，你将来的身体，神明为要建筑一个圣堂而造成的你这个身体，却给异教徒和无信仰的人玩弄了，现在你知道了真理，你想到你的污秽，恐怕就是一闭嘴一合掌，你自己的厌恶就要使你呕吐呢。"

她温柔地跟着他走，走在太阳像火一般照着的路上。疲乏到脚都要断了，口渴到嘴里要吐出火焰来了。但是巴福尼斯看见这个曾犯罪恶的肉体受着赎罪的痛苦，全不像那一班俗人去空安慰人家，反而使他感到快活，浸在信仰的热情的欢乐里了，他真想把这保存着美丽的身体扯碎呢，原来那美丽正是她犯过罪的鲜明证据啊。他的冥想增强了他的信仰的愤怒。想到苔依丝是和尼西亚斯同床共枕过的，他便在脑中形成一种可怕的想象，顿时使全身的血都向心脏奔流，胸口几乎要爆裂开来了。喉咙里塞满了要说的诅咒，却说不出来，便使牙齿轧轧地相咬。他一跳，跳到苔依丝面前，面色发青，非常恐怖，又像上帝的样子，望着她看，一直看到她的灵魂里，他又把唾沫吐在她的脸上。

她仍是走着，并不停步，静静地将脸上的唾液抹去了。现在他跟着她，眼睛盯在她身上，仿佛望着地狱一般的。他走着，心中还是燃烧着神圣的怒火。他想替上帝复仇，免得上帝自己来复仇。正在这时候，他看见一点儿鲜血从苔依丝的脚上滴了下来，滴在沙上。他便觉得有一股莫名的新鲜之气流入他敞开的心胸里去了。他哭了，眼泪已经流到他的嘴唇上了，他不得不哭了。他立刻走到她面前跪在地上，他叫她姊姊，吻着她出血的脚，他喃喃地不下几百次地叫道："我的姊姊，我的姊姊，我的妈妈，呀，最圣洁的圣女！"

他祈祷道："天使们，请虔诚地接受这一点儿鲜血，将这一点儿血拿到上帝的座前。流着苔依丝血的沙上，盼望生出一棵神奇的秋牡丹，好让看见这棵花的人都能恢复他们心脏和五官的纯洁！呀，圣女，圣女，最圣洁的圣女苔依丝！"

他这样子祈祷和预言的时候，有个少年骑着驴子走过。巴福尼斯便叫那少年下来，让苔依丝骑在驴上，他自己握着缰绳，继续赶路。走到天晚时，他们遇见一条小河。河边尽是葱郁的良木。他便将那匹驴子系在一棵海枣树的树干上，然后在一块青苔满布的石头上坐了下来，他和苔依丝掰开一块面包，然后在面包里放了一点儿食盐和意沙泊的叶子吃了起来。他们喝着盛在手掌里的清水，谈着永久的事情。她说道："我没有喝过这样澄清的水，我没有呼吸过这样清新的空气。我觉得上帝浮游在流过的微风里。"

巴福尼斯答道："你看呀，此刻是晚上，呀，我的姊姊，夜的青色的阴影罩在山冈上。但是不久后，你可以看见，生命的圣堂立在曙光之中，闪闪发光了，可以看见永久的朝晨闪着玫瑰色的光焰。"

他们俩走了一夜，当那一弯眉月照在银色的海波之上的时候，他们唱着赞美歌。当那太阳升起时，沙漠展开在他们面前，仿佛是铺在里比亚的地上的一片地皮。沙漠的进口处，棕榈树的近旁，那白色的修道的小房间在曙光中显出来了。

"我的神父，"苔依丝询问，"那边不就是生命的圣堂吗？"

"你说的不错，我的女儿，我的姊姊。这是超度的房屋，就是我要关你的地方。"

不久，他们到处看见许多女人，在那修道的屋子边忙着工作，正像一群蜜蜂围绕着蜂巢。其中有的是在那儿烘面包；有的是在那儿选白菜；有许多是在纺织，流在她们身上的阳光仿佛是上帝的微笑；其余的则坐在柳荫里冥想，她们雪白的手垂在两侧，因为她们对上帝充满着爱，希望像马特来纳（译者按，马特来纳，系称为基督而得悔罪的女人）那样的生活，她们除了祈祷、冥想和忘我之外，不做旁的工作。所以人家都称她们为玛利亚，她们都穿着白衣裳。至于那群亲自做工的女人，称为玛尔德，是穿着蓝衣衫的。她们都戴着面纱，最年轻的让那鬓发披在她们的额上，但是要知道这并不是她们有意让头发披在额上，原来院中规则是不准的。有一个年纪很大的妇人，身子很大，肤色雪白，依靠着一根粗木杖，访问着各间独居的修道室。巴福尼斯很虔敬地走到这老妇人的身边，吻着她的面目的边缘，说道："可敬的亚尔平！你平和幸福！我如今带一只蜜蜂来，要放在你做蜂王的蜂巢里。这只蜜蜂迷误在无花的路上，我亲手把她捉住了。我用我的呼吸来温暖她，我把她带来给你。"

说时他指着苔依丝。苔依丝便去跪在皇帝的女儿的面前了。

亚尔平用锐利的眼光向着苔依丝看了一下，就叫她站起来，在她的额上亲了一下，接着回头看着巴福尼斯，说道："我将她安置在玛利亚们的中间。"

　　巴福尼斯便对她详细叙述如何把苔依丝领到这超度人类的屋子里来的，又请先把苔依丝关在一间独居的斗室里。亚尔平应允了。她领着这个忏悔的女人到一间空房间里去。这间房以前是住着那个圣女陆达的，自从陆达死后，常常空关着。房中只有一张床、一张台子和一把水壶。苔依丝的脚踏到这房间的门槛上时，感到一种无限的欣喜。

　　"我愿由我来开这扇房门，"巴福尼斯说，"由我来固封房门，等耶稣亲手来启封。"

　　他走到泉台边去取了一握湿泥，在泥里他放上自己的几根头发，吐了一点儿唾液，接着便用这湿泥固封那门缝。接着他走到苔依丝心满意足地坐着的窗边，跪了下来，赞美了三声天主，叫道："走在生命路上的女人是多么可爱呀！她的脚多么美！她的脸多么光彩！"

　　他站了起来，将面巾罩到眼上，缓缓地走远了。亚尔平叫一个圣女过来，说道："你把苔依丝所必需的东西拿给她，面包、清水和一支三个孔的笛子。"

大戟篇

巴福尼斯回到圣地沙漠里去了。他乘了开往亚德里皮市去的一艘粮船。这艘船逆航于尼罗河中，载着粮食到僧正塞拉比斯翁的修道院去。当他上陆时，前来欢迎他的弟子们都手舞足蹈的，非常快活。有的将两臂伸向天空；有的俯伏于地，亲吻僧正的草履。因为他们已经知道他在亚历山大所完成的功德了。僧侣们照例会莫名其妙地迅速得到重要的报告、教义的确立和光荣等消息。那种消息一到沙漠里便像挟着热风的速力似的，四处传布了！

巴福尼斯往沙漠的内地去时，他的弟子们都跟着他走，嘴里赞美着天主。他的弟子弗拉文，突然受到神感般的，进了恍惚的状态，即兴地唱出一首赞美歌来道：

"祝福的日子呀！现在我们的父亲回来了！

"他回到我们身边，负有新的功德，功德的价值是给予我们的。

"父亲的积德就是儿子的财产，老师的圣洁把一切修道者的房间熏香了。

"巴福尼斯，我们的父亲，将一个新娘嫁给了耶稣基督。

"他用他神奇的技术将黑羊变作白羊。

"他现在挟着新的功德回到我们的地方来！

"正像负着花蜜的重担的亚尔西诺意低特的蜜蜂。

"又可比那尼皮的羊，身上负着重重的厚实的羊毛。

"庆祝这一天，我们在面包上涂着点儿油的这一天。"

走到那僧正的独居斗室的门前时，弟子们都跪下来说道："望我们的神父给我们祝福，望神父给我们每个人一点儿油，以祝颂你的归来！"

只有那个老实人保罗，站立在那儿向别人问道："这个人是什么人？"他全不认识巴福尼斯了。但是没有一个人留意他说的话，因为人人知道他是没有理智的，虽然他的信仰很深厚。

汪底诺的僧正已重新在他独居的修道室里了。他想道："我终于回到了我的幸福的、我的休息的隐遁室里了。我是回到我所满足的城郭里了。但是这个亲爱的芦花的屋顶为什么不亲热地来欢迎我，墙壁为什么不对我说'欢迎你归来'？一点儿也没有，从我出发直到现在归来，在这神所选择的住屋里一点儿也没有改变。这是我的台子和我的床子；这是木乃伊的头颅，多少次曾给我以有益的思想；这是书籍，我常常在其中找寻上帝的姿态。然而我所遗留着的，我却一点儿都找不到了。种种东西，我觉得都是可怜地剥去了平日的美好了，今天在我看来，仿佛都是第一次看见。看见我亲手制造的这张台子与床，看见这黑色干枯的头颅，这一卷写满上帝的话的纸张，我仿佛看见了死人用的器具。我原本如此熟悉的东西，现在竟不认识了。呀！可怜！实际，我四周的东西没有一点儿改变，改变的是我，我已非昔日的我了。我是另一个人了。死，就是我了。我的上帝呀！从前的我怎么样呢？什么东西把从前的我抢了去呢？剩给我的是什么呢？我究竟是什么人呢？"他最为忧心的，就是对于他独居的斗室不由己地觉得狭小了，照理从信仰的眼睛看去，应该看出这间修道室是非常巨大的，因为上帝的广大无边性就是从这种房间里开始的。

及至祈祷时，前额叩在地上，他稍稍恢复了一点儿欢乐。祈祷了约一小时后，苔依丝的影像忽然闪过他的眼前了。他因此便感谢上帝道："耶稣，这是你，你把她送到我的眼前。从这一点上，我又见识了你的巨大的恩惠。你使我看见那个我给你的女人，是要使我欢喜，是要安我的心，是要使我得到快乐。你将她的那样一无虚矫的微笑、纯洁的优雅、由我拔去了刺的美丽显在我的眼前。要使我欢喜，我的上帝，你将她——正如我照你的心而洗涤了的、修饰了的她——显出来给我看，正如一个人使他的朋友微笑着想起友人所送的一件美好的赠品。我很欢喜看见这个女人，我肯定她的幻影是从你的身边来的，你不愿忘记是我将她给了你的，我的耶稣。请保留着她，她可以使你快乐，而且她的爱娇不是为了旁人，只是为了你而辉耀的。"

整个儿夜间，他不能睡去，他看见苔依丝，比在银府洞中所看见的还要清楚。他为自己做证，说道："我所干的事，只是为了上帝的光荣。"

然而使他非常惊奇的是，他再不能体会到心的平静了。他叹息说道："我的灵魂，你为什么忧愁？你为什么使我心乱？"

他的灵魂的不安竟长驻不去了。三十天工夫，他常在这种忧伤的境遇里。在隐遁者中，这种境遇实在是可怖的、危险的先兆。苔依丝的影像日夜不离开他了。他一点儿不想把这个影像赶开，因为他还以为这是从上帝身边来的，这是一个圣女的影像。但是，一天早上，头上环着一圈紫罗兰的苔依丝来访问他了，在她的温柔里，他感到那样的恐怖，他不禁惊骇地叫了起来，满身冷汗，醒了转来。两只眼睛上还留着睡意，他觉得有一股热腾腾、湿潮潮的呼吸流过他的脸上：原来是一只小野狗，两只脚站在床头，那发臭的气息正吐在他的鼻子上，小野狗从喉咙里发出笑声来嘲笑他。

巴福尼斯因此感到一种巨大的恐怖，觉得有一座塔倾倒在他脚下了。事实是他从崩坏的信仰的顶上跌了下来。他一时竟呆住了，什么都不会想了；接着，虽然他恢复了意识，然而他的冥想却只会增加他的爱心。

"二者之间究竟是哪一种呢？"他问自己，"这个幻景或许像从前的一样，仍是从上帝身边来的也未可知。那是好的幻景了。把这好的变成恶的或许是我自己天性中的邪恶，正如美酒盛在不洁的酒杯中，便变成酸酒一样。因为我的卑劣，才把这种教化变成了污行，恶魔的野狗立刻就利用我的卑劣而取得非常的利益。或者这个幻影，不是从上帝身边来的，恰恰相反，是从恶魔身边来的，是个腐化的幻影。如果是这样的，现在倒要使我疑心了。以前信以为从天上来的幻影真的是从天上来的吗？禁欲实行家所必要的识别的，我是没有的了。但是这二者之间，无论哪一种，总是表示上帝远远地离开我了，究竟因为什么理由离开，我虽不知道，我却感觉得到那结果。"

他如此这般推理着，苦闷着，询问道："正义的上帝呀，如果你的圣女们的幻影是你的仆人们的危险，你究竟留着怎样的危险要给你的仆人们呢？请你显出一个分明的记号，让我知道这是从你的地方来的，那是从另一个地方来的！"

持有他人所不能窥测的计划的上帝，要来启发他这个仆人是不大方便的。巴福尼斯于是仍沉浸在怀疑之中。他决心不再思念苔依丝了。但是他的决心还是无效，苔依丝仍不离开他。他在读书的时候、冥想的时候、祈祷的时候、静思的时候，她总是望着他。梦想中的苔依丝走近来时，是先导以一种窸窣的声响的，正像女人行走时的衣裙声。这种幻影具有现实中所无的清楚正确。原来现实的是动摇而混乱的，至于这种从孤独生活里来的幽灵反而有一种深刻的性格并显出一种强有力的正确。她到他面前时的形态常常变换：有时是沉思着的样子，头上戴着一个明晃晃的花冠，身上穿着亚历山大宴会时所穿的一件淡紫色的绣银的衣衫；有时像是罩在轻轻的云纱里，并且是浸在银府洞中暖暖的阴影里的，沉醉于欢乐中的样子；有时是神情很虔敬而光辉的，穿着粗布衣衫，带着天国的欢乐的；有时是悲剧的，眼睛泅泳于死亡的恐怖里，露出她赤裸的胸膛，胸膛上涂满着那从破开的心脏里流出来的鲜血。在这种种的幻影中最使他苦痛的，就是他亲手焚毁的花冠、披衫、面幕，竟也一一显现。他以为这一切东西显然都有一个不可毁灭的灵魂，他叫喊道："苔依丝的罪恶的无数灵魂都到我身边来了！"

当他转过头去，他觉得苔依丝在他后面，于是更加不安了。他的苦痛真残酷。但是他的灵魂、他的肉体，虽处于诱惑的中间，却还保存着清净，他只有将希望寄托在上帝身上，他温柔地质问上帝："上帝，我远远地赶到异教徒中间去找她，这是为你，并不是为我。为了你做的工作而受苦，不大公正吧？我的温柔的耶稣呀！请你保护我呀！我的救世主，请救我！我的肉体所不能完成的事业，请不要允许幽灵来完成，当我战胜肉体的时候，不要让我的阴影打倒我的自身。我知道我是踏入了比我所经过的危险还要大的危险里了。

我知道梦幻比现实还要强有力。既然梦幻是一种卓越的现实，请问如何能叫它另换一个样子呢？幻梦是事物的灵魂，柏拉图虽然是个偶像教徒，尚且承认观念的特性的实在。主呀，你伴着我去，到那个恶魔的宴会里，我听见那种确为罪恶所污染而非愚鲁的人，也一致承认我们在孤寂、冥想和忘我的境地里是感觉着真实的物象的。你的圣书里，我的上帝，也几次证明梦幻的功德了，几次证明那或者依你，或者依你的敌人而得梦幻的效果和幻影的力量了。"

他成为另一个新的人了，如今他和上帝讲道理了。但是上帝却不急于启发他的心。他的夜间只是一个长长的梦，他的白天和黑夜没什么分别了，一天清早，像在月光之下从他自己埋葬的罪恶的牺牲者的坟墓里走出来一般，叹着气，惊醒了过来，苔依丝来了，呈出她流着血的脚。他哭了，她就去睡在他的床上。那是不容再怀疑的了：苔依丝的幻影定是不洁的幻影了。

心里起了一阵厌恶，他就从那被污的床上跳了下来，双手遮着脸孔，再不要看见阳光了。时间却毫不除去他的耻辱，兀自流去。独居的斗室里一切都静默。这是好多天以来，巴福尼斯第一次独自一个人。原来那幽灵终于离开他了。但是幽灵虽离去，在他却仍是恐怖的。没有一样东西，没有一样东西能消除他的梦幻的记忆。他充满着恐怖思考着："为什么我不能把那梦幻赶开？为什么我不能避开她冰冷的手臂、火热的双膝？"

他在这可怕的床旁边已不敢再呼上帝之名，他怕因为他的房间被污之后，恶魔们便可时时刻刻进出他的房间了。他的恐惧并没有骗他。先前站在门槛前的七只小野犬，竟鱼贯而入了，蹲在他的床底下。晚课的时候，他看见第八只野犬，气味很臭。到了第二天，又来了第九只野犬，不久竟有三十只了，接着是六十只了，接着是八十只了。小野犬愈聚愈多，愈多愈小，只有老鼠一般的大小了，床上，椅子上，斗室中都是了。其中有一只跳到放在床头的小木棚上，四只脚站在那个木乃伊的头上，热烈的眼光望着巴福尼斯。天天都有新的小野犬进来了。

为了抵偿他的厌恶的梦幻，为了逃避污秽的思想，巴福尼斯决定离开他那已经污秽的斗室，决定到沙漠的深地里去，去奉行那未尝有的、最苦的苦行，出尽死力的事业，从未有人做过的新工作。但是当他未去实行他的计划之前，他先到老人家柏来蒙住的地方去询问意见。

他看见柏来蒙在园子里灌溉莴苣。这是夕阳已经西斜的时候了。那条尼罗河青青的，在紫色的山丘脚下流过去。那个圣徒柏来蒙走动得很慢，因为不想惊骇那躲在他肩上的一只鸽子。

"呀，道兄巴福尼斯，希望天主和你在一处！"他说，"赞美天主的恩惠，他将创造的鸟兽送到我的地方来，好使我和鸟兽们谈论他的工作，更使我在天空中的飞鸟身上增加他的光荣。你看这只鸽子。头颈里的色晕刻刻在变动，你说这难道不是上帝的一件美丽的创作品吗？但是我的道兄，你来是不是要和我讨论什么信仰上的问题啊？如果是的，那么我将喷水筒放下，听你讲来。"

巴福尼斯于是把他的旅行、他的归来、白天的幻影、黑夜的梦以及那次犯罪的梦境，魔犬的群集，通通都告诉这个老人家。

"我的道兄，"他添说道，"你看我深入到沙漠里去，去完成非常的工作，去用我的苦行来吓退那恶魔，好吗？"

"我只是一个可怜的罪人，"柏来蒙回答说，"我不大知道人间的事情，因为我的一生伴着羚羊、小兔子和鸽子，送在这个庭园里了。我的道兄，我觉得你的苦痛的最大的原因，大抵是从世俗的扰攘中，毫无准备，就突然回到孤独的平静里。这种突然的变动只有损害灵魂的健康。道兄，你的境地，正像一个人置身于大热之中，几乎同时地又置身于大冷之中了。咳嗽便来惊扰他，发热便来苦恼他了。巴福尼斯兄，假使我在你的地位，我是绝对不往任何可怕的沙漠的深处里去的，我要拣几种适宜于僧侣和圣徒的事情来散散我的心。我将去访问邻近的修道院，听人家说，那种修道院有几处是真正好的。譬如说，僧正塞拉比斯翁的修道院里，共有一千四百三十二间房子，僧侣们的区分是用和希腊文的字母一样数目的。并且人说，僧侣的性质和文字的形状是有若干联系的，如住在Ｚ字一群里的僧侣，性质便很弯曲；在Ｌ字的一群里的，性质便极爽直。我的道兄呀，假使我做了你，我一定要亲眼去看个确实，假使我没有看到如此惊奇的事情，我再不肯去休息的。分布在尼罗河两岸的种种团体组织，我一定要去研究一下，以资比较。这一切正是像你这种宗教家的最适宜的养心法。你也听见过的，僧正爱勿冷著述的精神的规则非常佳妙。你是一个绝妙的抄写手，得到爱勿冷的允许，你便把他的著述抄写一遍。至于我，我是不会抄写的，我的一双手捏惯了锄头，毫不柔软，所以再不能像著作家般，握着细小的芦笔在纸上写述了。倒是你，我的道兄，你是认识文字的，这一件事就应该感谢上帝，因为没有一样东西能比美丽的字迹更可赞美的了。写述家和读书家的工作便是对付歹恶的思想的最好的方法。巴福尼斯兄，你能把我们的神父安东尼或保罗的教训写出来吗？在这种清净的工作之中，渐渐地你便能得到五官和灵魂的平和了。孤寂仍将为你所心爱，不久你便可恢复到从前那样的生活，重修那旅行所间断的禁欲事业了。但是不要以为从过度的悔改里可以得到一大幸福。神父旺督亚纳和我们在一处时，他老是说：‘过度的断食便要产生柔弱，柔弱便将产

120

生无力。有多少僧侣因为故意的长期断食而致损坏了身体。我们可以说这种僧侣是自己用短刀来刺入自己胸间，将没有活力的自己投入恶魔的权力里。'至于我，只是一个无知的愚人，靠上帝的恩惠，我还记得我们神父说的话。"

巴福尼斯感谢了柏来蒙，说对于高见当去考虑一下。走过那扇关闭小庭园的芦栅之后，他回过头来，看见那良善的柏来蒙又在灌溉菜蔬了，一只鸽子颤巍巍地躲在他弯着的背上。看见这幅情景，他几乎想哭起来了。

一走到他独居的斗室里，他看见一大堆莫名其妙的东西在蠢动。仿佛是被暴风吹乱的黄沙了，他认出这是无量数的小魔犬。这一天夜间，他梦见一根高高的石柱，柱顶雕着一个人类的面形，他又听见一种说话的声音道："登到这根圆柱上去！"

醒来时，他深信是上天送来的一个梦，他便召集他的门徒，对他们说下面那样的话："我的最亲爱的儿子们，我为了要到上帝派我去的地方去，不得不离开你们了。当我远出期间，请像听从我一般去听从弗拉文，并请善视保罗。盼望你们得福，再会了。"

当他走远时，弟子们都俯伏在地上，及至仰起头来的时候，他们看见他黑色的巨大的形体已在沙漠的地平线那边了。

他日夜走着，走到以前偶像教徒所建筑的破庙里了。当他燃烧着热情赶往亚历山大去时，曾经在这座破庙里和蝎子与人鱼在一处睡眠过的。画满着魔术的符号的墙壁仍站立在那儿。三十根大石柱，柱顶雕着人头或莲花，还支持着那根巨大的石梁。只有尽头的一根石柱已抛落了古代的负担，自由自在地立在那儿。这根柱头是刻着一个女人的头，圆圆的面颊，细长的眼睛，微笑着，额上还生着一对牧牛的角。

巴福尼斯一看见这根柱子，他就认出这就是他梦中所见的柱子，他估量一下，约有二十二古突的高。他到邻村里去，叫木匠做了一架像石柱那样高的梯子。他把梯子靠在柱上，就爬上去，跪在柱顶上，向天主祈祷道："我的上帝呀，这是你替我选择的住处，靠你的恩惠，让我在这顶上一直住到我死的时候。"

对于食物他一点儿也不在意，因为他已把自身委诸神明了，并且以为慈善的乡人定会给他生活的食品。果然，到了第二天午后五时许，有几个女人带着她们的小孩子来了，她们拿着面包、椰子和清水。小孩子们把这种东西搬到圆柱顶上去。

那根柱的顶上不甚宽阔，不够巴福尼斯躺直身体睡觉，因此他睡觉时，两只脚是蜷曲着的，膝头弯到了胸口间。所以在他睡眠时比醒着时更为疲劳。天亮时，鸥鸟飞过，羽翼触着他的身体，他便惊醒过来，充满着苦闷，充满着恐怖。

那个替他造梯子的木匠却是个有信仰的人，怕上帝的人，想到圣徒日晒夜露，风吹雨打，一无遮蔽；又恐怕他睡眠的时候跌了下来，便为他在这圆柱顶上做了一个屋顶和一圈栏杆。

巴福尼斯经营着这样神奇生活的名声，一个一个村庄里都传到了。等到礼拜日的一天，山乡里的农夫们带了他们的女人和孩子来瞻拜他。弟子们知道了他这个光荣的隐遁之处，非常赞美，于是都到他这地方来，请求在圆柱脚下建筑小房屋来居住。每个早上，他们便在老师的四周绕成一个圆圈，老师教导他们道："我的儿子们，你们常像耶稣所爱好的那种小孩子们一般。这就是超度。肉的罪恶是一切罪的源头和根本。有如一个父亲生了许多儿子，肉的罪恶产生一切罪恶。骄慢、贪婪、懒惰、怨恨、妒忌却是肉的罪恶所爱好的子孙。我在亚历山大看见的情形是这样的，我看见富翁都耽溺于淫逸。像那污泥浮到水面的河流的淫逸，将他们送到苦痛的破灭里去。"

僧正爱勿冷和塞拉比斯翁听见了巴福尼斯的新闻，他们都要亲眼来看个确实。远远地望见三角形的船帆在那河面载着那两个僧正到他这地方来，巴福尼斯不禁想到这是上帝叫他做了一个隐遁者的模范。一看见他，两个僧正无不为之惊奇，二人相谈之下，都以为如此异常的苦业是不行的。他们俩热心劝告巴福尼斯从柱上走下来。

"这样的生活是和习惯相反的，"他们俩说，"这种生活是从来没有的，出乎宗规之外的。"

但是巴福尼斯回答他们道："如果异常的生活不是修道生活，敢问所谓修道生活究竟是怎么样的呢？僧侣的修业不应当和僧侣自身那样的异常吗？我受着上帝的指示才登上这根石柱，要我走下来，也要等上帝的指示。"

每天都有修道的人来加入他的弟子中间，在这空中的隐士的四周造起小屋子来。其中有许多人模仿他的行为，也登到这座破庙的残骸上去，但是因为被同道者所非难以及被疲劳所征服，他们不久便抛弃了这种修炼。

来巡礼的人像河流一般涌来。有许多人是从极远的地方赶来的，这种人免不了要饥渴的。有个穷寡妇便想用清水西瓜来做买卖。在巴福尼斯的柱子前，张着个蓝白布帐，放着红泥的水瓶、杯子以及水果，她背靠着柱子叫喊着："哪一个人口渴？"看了这个寡妇的样子，一个卖面包的，便搬许多砖头来，在寡妇布帐的旁边，砌起一个炉子来，要把面包和糕饼等物卖给旅人们。因为参观的群众一天多过一天了，埃及大都市里的人们也都赶来了。有个爱财如命的人，造了一座旅舍，以便有钱的人带着他们的仆役、骆驼、牧驴来住宿。

不久之后，巴福尼斯的石柱前面就成为一个市场了。尼罗河上的渔夫，拿着鲜鱼，邻人拿着菜蔬都到市场上来做买卖。有个剃刀师傅在露天下替人家剃头，和客人讲着妙趣横生的话，引得巡礼的众人都快活。这座破庙，好久好久为静默与平和所包裹着，现在是充满了生命的无数嘈杂、生命的种种动作了。酒店老板把破庙的地下室改作为酒窖，在那古旧的圆柱上，钉了画着圣徒巴福尼斯小像的广告，广告又用希腊文和埃及文写着："此地买卖石榴酒、无花果酒和真正西丽西啤酒。"雕刻着古人像的墙壁上，商人们挂着葱束、熏鱼、死兔子和剥了皮的羊。一到夜间，这座破庙里的老客人——野鼠，长长地连成一串，逃向尼罗河那边去；野鹤呢，心神不安地，伸长着头颈，一只脚颤巍巍地立在高高的屋角上。厨房里的黑烟、饮酒客人的呼唤声、女用人的叫喊声正一齐升向那屋角上去。破庙的附近一带，测量队来测绘路线，泥水匠来造修道院、礼拜堂、圣堂等，过了六个月，一个城市就形成了，兵房、裁判所、监狱都有了，还有一所由一个盲目的老学究所管理的学校。

巡礼者无休无歇地跟着巡礼者。各处教堂的司教和代理司教都赶来参观，无不非常赞美。汪底洼旭的管长，那时恰在埃及，便带领他全部的僧侣来参观，对于巴福尼斯的异常的修业也极颂赞。里比亚的教会里的司教者，因为亚历山大的管长亚达那史外出，也听从汪底洼旭的管长的意见。爱勿冷和塞拉比斯翁僧正听见了这种消息，连忙再赶来，到巴福尼斯的脚下，请求宽恕他们俩第一次来时对于他的质疑。巴福尼斯回答他们俩说："我的道兄们，我忍耐着的苦业渐渐能抵偿那送来给我的种种诱惑了。要知道那诱惑的种类、诱惑的力量真使我惊惧呢。一个人，从外面看去，诚然是小，从上帝送我来居住的柱上望去，扰动着的人群真像一堆蚂蚁了；但是从里面看起来，人真是巨大，巨大到像宇宙一般。为什么呢？因为人是囊括宇宙的。陈列在我面前的一切：那种修道院，那种旅店，那种河面上的船只，那种乡村，以及我所望见的远处的田亩、河流、沙漠和山岭，这一切要是和我心中所有的相比起来，真是远比不上呢。我的心中有无数的城市。有无边际的沙漠、罪恶，那罪恶和死亡横在我这无限大的上面，包裹着这无限大，正如黑夜包裹大地一样呢。我是一个人保存着宇宙那般大的一切恶念的啊。"

他之所以如此说是对女人的欲望存在他的心上的缘故。

到第七个月，好久不生子女的妇人，想靠圣徒巴福尼斯做媒介，想靠圆柱的功德，而得到子息，便从亚历山大、比排史德、杀意史德各地赶来了。祈愿者的马车、轿子、抬床等便在这个上帝之人的下面停留着、拥挤着、骚动着，目力所及的地方都是车轿了。那种车轿里走出来的人，有许多是看看都要吓煞的病人。母亲们把她们患了疾病的小孩子，或者四肢弯曲的，或者是眼睛翻出的，或者是嘴里吐沫的，或者是声音发嘎的，都呈到巴福尼斯面前去。他便将两手按在这种病孩子的身上而祈祷。瞎子也走了进来，伸长两只臂膊，仰起那张戳着两个血红的洞的面孔，恰巧对着他；中风病的人将那滞重的麻木部分，瘦到像死人样儿的、蜷缩丑陋的四肢给他看；跛子对着他呈出他们的畸脚；得癌病的人两手扯开胸前的衣衫，露出那个像被看不见的一只老鹰所啄食的胸口；坐在圆柱下面地上的水肿病的妇女，仿佛人家从肩上卸下来的大皮袋。这一切病人，巴福尼斯都为他们祈祷。生着象皮肿病的吕皮耶人，拖着他们滞重的脚步走进来，仰起了他们死板的面孔，含着泪水的眼睛望着他。他在这种病人的身上，画了十字，为他们祝福；有个亚福洛提督市的少女呕血之后已沉睡了三天，活像一个蜡人了，父母也当她是死了的，将一张椰子树叶放在她的胸口。人家把她放在床架上也抬了来，巴福尼斯为她祈祷，那少女竟能仰起头来，睁开眼睛了。

百姓到处宣传巴福尼斯所做的奇迹，于是罹着希腊人所谓天刑的疾病的不幸者从埃及各地都赶来了。当这种病人一看见那根圆柱，立刻会痉挛起来，在地上打滚儿、叫喊，缩作一团。说也奇怪，其他在场的人看见那种情形也会狂乱起来，像疯了一般，僧侣、巡礼者、男人、女人搅在一处，在泥里打滚儿、争闹，四肢蜷缩，口吐白沫，又吞着手里一把一把的泥土，又说着种种预言。巴福尼斯在圆柱顶上，觉得一阵寒冷使四肢都打战起来，他便向上帝呼喊道："我是担负一切罪恶的人。我将这一切的污秽都放到我一个人身上来了。因此之故，天主呀，我的肉体充满了恶的精神。"

每次一个病人痊愈，参与的人便喝起彩来，把那病愈的人胜利地抬来抬去，不停地喊着："我们看见一个新的西陆爱的泉水了。"

已经有百来根拐杖排在这神奇的柱上了，感恩的妇女又把那画卷和图片挂在那上面。希腊人在柱上刻起两节一顿的诗；又因为每个巡礼者都要在柱石上雕一个名字，这根柱子一人高的地方不久便刻满了拉丁文、希腊文、太古埃及文、迦太基文、希伯来文、叙利亚文以及魔术的文字。

复活节到了，在这奇迹的市场上真是热闹非凡，年老的人都以为重新回到昔日的神秘时代了。在那广场上，种种的服装混杂在一处：埃及人的染出许多颜色来的袍子，阿拉伯人的连着面幕的外套，吕皮耶人的白色短裤，希腊人的上身短衣，罗马人的有长长褶襞的衣衫，野蛮人的血红的衣裤，荡女的绣金披衫，混在一处，真是无奇不有。罩着面幕的妇女骑着驴子通过时，先有一班黑奴用木棍来赶开众人；走江湖的卖技者，在地上铺了一张毯子，表演种种熟练的技艺，很巧妙地变戏法，环着看的人都静静的，一声也不响；弄蛇者伸出两只臂膊，将那带一般的卷在腰间的蛇扯开来。这一切的群众中间辉耀着的、闪光着的、灰尘乱抖的、叮当响着的、叫喊着的、叱骂着的，都有，真是样样俱全。骆驼夫打着骆驼的鞭挞声，商人发卖防痴癫厄运的符箓的叫喊声，僧侣歌咏圣书文句的单调的朗诵声，妇女突然发狂像变成预言者的呻吟声，乞丐反复地唱着古歌谣的尖锐声，羊的叫声，驴的鸣声，水手呼唤淹留的客人声，种种声音同时并作，变成什么都听不清楚的一种嘈杂了，有时这嘈杂中间还闪出几声锐利的呼叫来，这是裸体的小黑奴们，到处乱跑着贩卖新鲜海枣的呼声。

这各式各样的人，在雪白的天空之下，浓厚的空气之中，真是气闷到要命呵。原来那空气里，既混杂着女人的香气、黑奴的气味、油煎东西的烟气，又混杂着信仰极深的牧羊人买来烧在圣徒巴福尼斯前的橡皮的蒸气。

到了夜间，各处点着火，火把、笼灯等亮光所到之处，只见红的影子、黑的形体了。在一圈蹲着的听众中间，站着一个老人家。面孔被那烟雾腾腾的洋灯照得亮亮的，他讲述道有如从前比都那样的女人，施了魔法，将自己的心脏从胸中拿了出来，去放在一棵荆球花树里，接着她自己就变成一棵树了。他讲述时做出各种大姿势来，他的影子跟着也做起手势，可是变了形了，做成可笑的样子，赞叹着的听众们不禁喝起彩来。酒店中，酒客横在椅子里呼唤着拿啤酒和葡萄酒，跳舞的女人，眼睛上画着黑圈，精赤一个肚皮，在这群酒徒面前表演宗教的和淫猥的舞蹈。另外一边，年轻人玩儿着骰子或者玩儿着猜手指的玩意儿，老年人在阴影里追随着妓女。在这一切扰动的形体之上，只有那根竖立着的圆柱一动也不动。那个生着牧牛角的头颅在阴影里观看，站在这头颅上面的巴福尼斯于上天下地之间守望着这一切。突然间，那个月亮在尼罗河上升起，仿佛是一个女神的赤露着的肩膀。这时山丘上满泻着月色和青光，巴福尼斯想象看见了苔依丝在水光之中，青玉一般的夜间，辉耀她的肉体。

日子一天一天地过去，那个圣徒还住在那柱顶上。雨季到了，天上的雨水，从屋顶的缝里漏下来，浸透了他的身体；他被浸泡的四肢，简直不能动弹了。太阳将他的皮肤烧着，露水又将他的皮肤弄得绯红，终而皮肤皲裂了，臂上腿上尽是巨大的溃烂。但是他对于苔依丝的想念在他的身心里简直要把他消灭净化了，他叫道："全能的上帝呀！还不十分足够！还请送诱惑来！还要使我起不洁的思想！还要使我起奇怪的欲望！天主呀！请把人间一切的淫逸都放到我身上来，我愿偿清一切的罪孽！我听见一个说假话的人说，斯巴达的一只雌狗，在它身上担负了世上一切的罪孽。这个寓言就算是假的，但是的确隐藏着一种意味，这种意味我今天已知道得确确实实了。事实是因为人们的不洁，会像消散于井水中一般的，消散于圣徒的灵魂里。所以正直的灵魂是被更多的污泥所污染，比起罪人灵魂里的污泥，原来罪人的灵魂里倒从来没有那样多的污泥。此所以我要光荣你，我的上帝，因为你把我做成宇宙间万恶的沟渠了。"

但是有一天在这圣洁的城市里起了一大传言，甚至柱上的圣徒也听得了：原来一个十分伟大的人物，顶有名的名人，亚历山大的海军司令官吕西尤斯·奥雷利尤斯·科塔要来了，他来了，他走近了！

这个消息倒是真实的。老科塔是来视察运河及尼罗河的航运的。他几次想来看看那个柱头僧侣和那个称为斯低洛波利斯的新城市。一天早上，这市里的人看见尼罗河面上布满了帆船。一艘涂着金色、张着红幕的军舰的甲板上，站着那个科塔。他带领着他的小舰队登岸了，走进市里来了，伴着他的是一个秘书，手里拿着杂记簿，还有他的医生亚里史旦——他最喜欢和这医生谈话的。

一大队卫兵跟在他的后面，河岸边尽是元老们以及穿着海军制服的人物。在离圆柱几步路的地方，他站定了，考察着那个柱头的僧侣，同时用他长衣的褶襞揩着额上的汗水。他本性好奇，在他长长的旅途里已考察过好多的东西了。他喜欢回忆他的见闻，他想写完了迦太基的历史之后，把他所见的奇事再写成一本书。这时呈在他眼前的情景，他觉得很感兴趣。

"呀，这真是奇事！"他头上出着汗，嘴里喘着气说，"事情真是值得讲述的，这个人是我的一个客人呀。确然是的，这个僧侣去年到我家里来吃过夜饭的，饭后，他带走了一个女优。"

他回头向他秘书说道："你把这段话写在杂记簿里，圆的容积和柱头的形状也不要忘记写。"接着又揩拭他额上的汗水。

"有很有信用的人对我说，这个僧侣登上圆柱已经一年，从来没有离开过一分钟。亚里史旦，你想这是可能的吗？"

"在痴癫的人或是病人中，这是可能的，"亚里史旦回答说，"在身心都健全的人中倒是不可能的。身心的疾病往往能给予那病者一种非健康人所能有的力量的，你不知道吗？实际讲起来，人是没有真正健康的身体，也没有真正病体的，只有人体各机关的种种状态不同罢了。因为我研究了很多所谓的疾病，结果我把种种疾病竟看作生命所必要的状态一般来考察了。我觉得研究疾病比和疾病战斗更有趣味。把疾病仔细考察起来，真有许多不得不使人惊叹的，疾病的外在虽杂乱，但是内面却隐藏着极深的调和，像四日疟疾那种病真是件好事情！有时，身体的疾病，在绝不留意之间，会把精神的能力发挥到极致。克来翁那个人你是认识的吧？他小的时候是口吃而愚鲁的，但是后来他从梯子上跌下来，跌碎了头骨，像你知道的，他就成为一个高等的律师了。这个僧侣的身体内部大抵有什么机关是损坏了，况且他这种生活并没有像你所觉得的那般特别，实在没有什么新奇的。你不记得印度地方那种裸脚仙人吗？他们不仅能够一年完全不动，而且能够经过二十年、三十年、四十年一动也不动。"

"啊啊！"科塔叫道，"这真是妄想不到的妄想了！人活着是为劳动的，不劳动是一桩不可恕的罪恶。因为不劳动，对于国家就是一桩损害。我真不懂怎样的一种信仰会弄出如此不吉利的行为来的。看到这种行为，不得不使人要联想到亚洲的一种宗教上去。我做叙利亚总督的时候，我看见在海拉市里建立了许多象征男子生殖器的柱子。有个男子每年两次登上这种柱子去住七天。市民便信以为这个男子和神明谈过话了，从神明的智慧里已得到了叙利亚的繁昌了。这种习俗在我看来是完全失去理智的。然而，我总是一点儿不禁止这种风俗。因为我觉得良好的行政长官不应废除人民的习俗，却应该确实遵守，禁止人民的信仰原来全不是政府的事情啊。风俗不论好坏，凡是为时代、地方、民族性所确立而至今还存在着的，政府均当给予满足，这就是政府的责任了。政府想和习俗战斗，实行精神的革命，显出专断的行为来，那政府一定是人民所厌恶的了。况且对于庸俗的迷信既不能了解，也不能宽容，请问如何能站立在庸俗的迷信之上呢？亚里史旦，我以为这云端里的僧侣和平地去住在空中好了，只让飞鸟去冲犯他吧。对于这个人，要多知道他一点儿，决计不是去冒犯他所可能的，要把他的思想和信仰来弄个清楚才对。"

他喘着气，咳嗽起来，将他的手按在秘书的肩上，说道："你写吧，基督教中有种宗派，以拐诱淫妇和生活于圆柱顶上为善事的。

你还可以添一点，这种习俗是崇拜生殖的神明的意味，但是关于此点，需向他本人问个明白。"

接着他便仰起头来，将手罩在眼前，遮去那耀眼的太阳光，大声向巴福尼斯说道："嘿！巴福尼斯，你还记得你做过我的客人吗？请你回答我。你在柱顶上做什么事呢？为什么你登上这个柱子？为什么你住在柱顶上？这根柱子在你的心目中，是不是崇拜生殖器的意味？"

巴福尼斯心想科塔是个异教徒，不配回答他什么话的。但是他的弟子，弗拉文倒走近科塔身边回答道：

"大人，这个圣徒担负世间的罪恶，治愈种种的疾病。"

"天呀！你听他，亚里史旦，"科塔叫了起来，"这个云端里的僧侣，会像你一般，做医生的！你对于这个高高在上的同业者，觉得怎样？"

亚里史旦摇摇头说道："或者是事实也未可知的，我所不能治愈的疾病，像习俗所称谓天刑病那种癫狂等病，他倒能治愈也未可知。一切的疾病虽然都可称为天刑病，因为一切疾病都是从神明的地方来的。但是俗说的天刑病，一部分的原因，却是在想象中的，你将承认，躲在圆柱顶上女神像头的僧侣，刺激病人的神经作用的力量，比我在药室里用药钵、药瓶做出来的不知要强多少倍呢。要知道宇宙间本有几种力量远胜理智与科学的。"

"哪几种？"科塔问。

"那就是愚鲁和癫狂。"亚里史旦回答说。

"我从来没有见过像现在看见的这般奇事，"科塔说，"我盼望有一个巧妙的著作家把这柱头市的起源叙述出来。但就是最奇怪的情景，像我这样占着重要地位的勤奋的人，也不配长时间地留着欣赏它的，还是去视察运河吧。别了，良善的巴福尼斯！呀，不如说，再会吧！假设一旦你走下地来，再来亚历山大，请你不要忘记再到我家来吃夜饭。"

科塔这几句话，听到在场的众人的耳朵里，便一传十，十传百，辗转传闻开去了，外加信仰基督者的宣扬，在巴福尼斯的光荣上于是又添了一种无可比拟的光辉了。虔诚人的想象力又把科塔的话添油加醋地说起来。人家索性谣传柱端的使徒使海军总司令也信仰使徒们和尼山神父的宗教了。信徒们原来把科塔最后一句话改变了一种意味，在他们嘴里，科塔请巴福尼斯去吃夜饭，变成吃圣餐了，变成吃圣徒的精神的圣餐、天国的食宴了。人人把巴福尼斯与科塔相会见的情景添加了许多，捏造了许多，到后来捏造的人自己也忘记了是捏造的，信以为真了。据说，科塔和巴福尼斯辩论了好一会儿之后，科塔明白那真实的时候，便有一个天使从天上飞来，替科塔揩拭额上的汗水。又说海军司令的秘书和医生也跟着变为基督徒。因为这是可纪念的奇迹，里比亚的主要乐堂里的助祭们，在教堂记录簿里也是如此这般地记录了。从那时候起，一点儿没有夸张的说法，全世界的人都希望见一见巴福尼斯，西洋和东洋是一般无二的，凡是基督徒总用着光辉的眼光对着巴福尼斯的方向遥望，赞美着巴福尼斯。意大利最重要的城市都派大使到巴福尼斯所在的地方，罗马的皇帝，神圣的公史当，他是维持洼督独克史教派的，也写了一封信派使臣送来，送到时行了重大的仪式。却说，一夜之间，那城市正在巴福尼斯的脚下睡眠于露水里的时候，巴福尼斯听见一种声音对他说："巴福尼斯，你依你的善行而出名了，你依你的言语而显示你的威力了。上帝为了他自己的光荣才产生了你这个人。他选你实现奇迹、治疗病人、收服异教徒、启发罪人、征服亚利耶教徒而复兴基督教的平安的。"

巴福尼斯答道：“希望能照上帝的意志去做！”

那声音又说道：“起来吧，巴福尼斯，到那皇宫里去找那个无信仰的宫史当斯吧，他全不模仿他哥哥公史当的贤德，反而去拥护亚虑斯和马居四的迷误。去吧！青铜的城门在你面前会自动打开，你的鞋子在皇帝的座前，大寺院的黄金的行道上响着的声音，你的恐怖的口声将改变君士坦丁的儿子的良心。你将统治那里具有威力而平安的基督教了。并且有如灵魂指导肉体一般，基督教管理帝国的政治。你的地位将在元老们、郡主们、贵族们之上了。你将制止百姓饥饿的叫声，制止野蛮人的暴动。老科塔因为知道你是政府里的第一个人，所以极力要替你洗脚，以叨光宠。等到你死了，人家将你的惩戒带拿到亚历山大的管长的地方，那个亚达那史仿佛在荣光之中浸得雪白了，他将吻着你的带子，有如吻着一个圣徒的遗物。去吧！”

巴福尼斯答道：“盼望上帝的意志能够完成！”

他使尽力量站了起来，预备从柱上走下来。但是那个声音仿佛猜到他的思想一般，对他说道：“是要紧的，你不要从这梯子上走下来。你如果从梯上下来，那时就和平常人的行动一般无二了，那是否认天所赋予你的力量。天使般的巴福尼斯呀，你好好地测量一下你自己的力量吧。像你这样一个大圣人是应该在天空中飞的。跳下来，天使会在那儿扶持你的。跳下来吧！”

巴福尼斯答道：“希望上帝的意志统治大地，统治诸天！”

伸开一只长臂膊，像一只巨大的病鸟展开了憔悴的羽翼，摇了几摇，他想跳下来了，突然间一种刺耳的嘲笑声传到了他的耳朵里，惊骇了他，问道：“哪一个这样子笑？”

“哈哈！”那声音尖锐地喊着，“我们的友谊只是开始。有一天，你将更加想和我做知交的，最亲爱的，是我叫你登上这根圆柱的。我真是要对你表示满意，你是多么柔顺，完成了我的希望。巴福尼斯，我真满意啊！"

巴福尼斯的口声已被恐怖所绞住了，喃喃地说道："退开！退开！我知道你的本体了：你就是把耶稣放在寺院的屋脊上、将世上一切的王国呈给他看的东西。"

他惊骇地复跌倒在柱石上了。

"为何我没早一点儿知道呢？"他想，"我是比那种把希望寄托在我身上的瘫子、聋子、盲子更加可怜了，我丧失了感受超自然的东西的感觉。我是比那种吃着污泥近乎要死亡的奇怪的狂人更加狂乱了。我已不能辨别地狱的叫声和天国的呼唤了。把婴孩从奶娘身边夺开时，婴孩还会哭泣；就是狗也会嗅出主人所走的路线；就是树木还知道向着太阳；我是甚至连婴孩、狗和树木的辨别力都没有了。我成为恶魔的玩具。这是撒旦领我到这儿来的。当撒旦把我领到这柱顶时，淫逸和傲慢这两个东西也一同登上来，站在我的旁边。然而那并不是使我惊骇的巨大的诱惑力，安东尼在他的山上也受到同样的诱惑。我只希望诱惑的利刃当着天使的眼刺到我的肉里去。我现在倒爱好受着这种酷刑了，但是上帝一声也不响，他的静默却使我惊骇了。他离开我了，要知道我只有他呀，他竟让我一个人住在没有他的恐惧里，他避开我。我要去追他，这块石子儿已燃烧我的脚了，快一点儿，去呀，去追上帝。"

立刻他握住了靠在柱上的梯子，脚踏到梯子上，走下了一级。他正面对着柱石雕像的面孔，那雕像奇妙地微笑着。他一看见这个，便觉悟当时他选择这个柱顶以为是他的安息处，是他的光荣地，哪知道对于他原来是永劫的堕落和混乱的恶魔的工具。他赶快从梯子上走下来，走到地上。他的一双脚却早已忘了土地了，站着几乎支撑不住要跌下来了。但是觉得可怕的石柱的影子落在他身上时，他便逼迫着两脚赶快逃走了。一切都睡了。他一点儿也没被人看见，穿过那个四周是酒店旅馆和商队宿舍的广场，他逃入一条走向里比亚山岭的小路里去了。一只狗追着他狂吠，一直追到沙漠的入口处才停止。他只拣那只有野兽脚迹没有道路的地方奔走。他的后方，有几座废屋像是被假造货币的人所抛弃的，终日终夜他继续赶着他孤寂的逃避的路！

终于近乎饥渴疲乏到要死了，然而仍未知这上帝是否还在远处。其时他看见一处静默的市街，向左右展开着，一直展开到地平线的夕阳的红光中。那种住宅都是孤立着的，和邻宅隔开得很远，而住宅的形式都是相同的，都像削去了一半的金字塔，原来都是坟墓。墓穴的门都破碎了，内部中间黑漆漆的，闪着鼠狗和豺狼的眼光。原来这种畜生正在喂养它们的小畜生。墓门之外横着几个被盗贼剥了衣衫、被野兽吃了血肉的死人。走过这死亡的市街时，巴福尼斯已经走得筋疲力尽了，便在一坟墓前面倒了下来。这坟墓离其余的较远，是在一个周围掩着椰子树的泉源旁边。这是个很华丽的坟墓。因为墓门没有了，所以内部那个描绘着图画的墓室从外面望进去，看得很清楚。墓室里盘踞着许多蛇。

巴福尼斯叹息道：“呀，这是上帝选给我的住处了。这是我悔悟和苦业的殿堂了。”

他爬进墓室，用两只脚把蛇赶开。他就俯伏在石板上，经过了十八小时之后，才走到那泉源边，用手掌取一点儿水来喝。接着他摘了几个海枣和莲蓬来吃。觉得这样生活是良好的，他便将这种生活作为他自己的法则。自朝至暮，他的前额从不离开石板而仰起来。

却说，有一天他照例俯伏于地之时，他听见一种声音向他说道："看看墙上的绘画吧，那么你可得到一点儿知识。"

于是仰起头来，他看见墓室的墙上描绘着和睦的家族生活图。这是极古的绘画，画得出奇的正确。在那图画里，他看见有几个庖丁正吹火，鼓起两个嘴巴，还有正在拔鹅毛的，正在锅子里烧一大块羊肉的。再远一点儿便是一个猎人，肩上扛着一只中了箭的羚羊。另一边，是一班农夫正在播种及收获。此外，有一班女人跟着六弦琴、笛子和竖琴的声音而跳舞。更有一个少女弹奏西奴琴，她编得很细致的一头黑发上插着一朵莲花；她的透明的衣衫，露出她的美妙的身段；她的胸口、她的一张嘴简直是鲜花般的；侧转着脸的她的美目凝视着，这张脸真是标致。巴福尼斯看了她一回，便立即俯下了他的眼睛，回答那声音道："为什么你叫我观看这种图像呢？这种图像无疑是表现那个偶像教徒在世时的日常生活的。现在这个偶像教徒的尸体正安眠在我脚下一个黑色玄武石的石棺中，埋在一个深深的洞底。这个图像追忆着那个死人的生活，然而不论那色彩如何鲜丽，终究只是一个影子的影子呵。死人的生活呀！呀，虚荣呀！……"

"他是死了，但是他活过了，"那声音又响起来了，"至于你，你也是要死的，但是你在这世上实在没有活过。"

自从这一天起，巴福尼斯再没有一刻休息过。那声音无休无歇地和他讲话。那个弹着西奴琴的女人，长长的眼睫毛里的眼睛老是凝视着他。现在是轮到她讲话了："看呀，我神秘而美丽。和我恋爱吧，到我臂怀里来汲取那苦痛的你的爱情吧，你何必怕我呢？你是不能从我身边逃开的，因为我就是女人的美呀。你想避开我，请问逃到哪儿去呢？呆子呀，你将重新找到我的形象的，在那鲜花的光彩里，在那棕榈树的柔媚里，在那鸽子的飞舞里，在那羚羊的跳跃里，在那小河流去的波纹里，在那月亮的柔光里，假使你闭了眼睛不看，在你自己身心中，你仍将会瞧见我的形象的。这地下，睡在一张黑石床里的，包裹着布匹的人，将我抱在他的胸口已有一千年了。他在我嘴唇上最后一次的亲吻也已有一千年。他虽已长眠，但因为和我亲吻的缘故，至今还留着芬芳。巴福尼斯，你本来熟知我的，怎么现在不认识我了？我原来就是苔依丝的无数化身之一呀。你是一个有学问的僧侣，对于万物的认识很精通的。你是旅行过的，旅行最能给人以知识。外出走一天所得的新知识，常常比在家住十年所得的还要多得多呢。你并非没有听见人说过，苔依丝往昔生于斯巴达时，名字叫海伦。她在旦白大屠杀后，又生为另一人了。旦白的苔依丝，原来就是我啊。你怎么会猜不到呢？活着的时候，我担负了世间大部分的罪恶；如今在这儿，我是在影子的状态了，但是最亲爱的僧侣，我还很能担负你的罪恶呢。你为什么要惊异？无论你走到哪儿，你总会遇见苔依丝的。"

他在石板上叩头如捣蒜，惊恐地叫喊。那个弹奏西奴琴的女人每夜都走下墙来，走近巴福尼斯的身边，用着清朗的口声讲话。讲话时还吐着清新的呼吸呢！因为圣徒反抗她的诱惑，她便对他说下面的话："和我恋爱吧，朋友，听我说话吧。你愈拒绝我，我便愈要苦恼你。你还不知道所谓女死人的忍耐呢。如果没有法子想，我会等到你死的。我是一个女魔术家，等你死了我会把一个灵魂放入你没有生命的身体里去，使你的肉体重新活过来，那么这个灵魂不会拒绝我现在所徒然请愿你的事情了。巴福尼斯，请你想想，到那个时候，你的幸福的灵魂在天国中望见你的肉体到罪恶里去了，你将怎么样呀。当最后审判世界末日之后，允许把这身体还给你的上帝也将非常为难了！身内既住着个恶魔，又为一女魔术者所守护的一个人的形体，请问上帝如何拿去放在天国的光荣里呢？你没有想到这层困难。上帝或许也没有想到。在我们中间，上帝并不是感觉敏锐的神明了。就是最蹩脚单纯的魔术者要把上帝戏弄起来也是极方便的。假使上帝没有他的雷火，没有天上的瀑布，那村中的神童都敢拉他的胡子。一定的，他没有敌人——那条老蛇那样的智慧的。蛇是神奇的艺术家。我也靠蛇替我装饰，才得如此的美丽。是蛇教导我如何编发结，如何将手指染成玫瑰色，如何让指甲成为玛瑙般的。你太不了解蛇了。当你到这坟墓里来住的时候，你用脚赶走了那原先住在这儿的群蛇，全不想想这种蛇或许就是伊甸园中的蛇的一族，你竟把蛇蛋都踏碎。我为你恐惧呢，可怜的朋友，你不是自己去招出恶祟来吗？人家虽则告诉过你，蛇是音乐家，又是恋爱者，你究竟是怎样的？你把科学与美错乱在一处了，你真是十分可怜的，耶和华全不来救护你。他是不能来的。因为他是和万物的全体一样巨大，他全不能动一动的。如果不管能不能而稍稍地一动，那么万象立刻就颠倒混乱了。我的美好的隐士呀，请给我一个亲吻。"

魔法所做出来的种种不可思议，巴福尼斯并非不知道的。他便在非常的忧心之中思考起来了："埋在我脚下的这个死人或许知道写在那本神秘书上的话吧。那书是藏在离此处不远的一个皇家的坟墓里的。靠那书上的话的功德，死人们重新得到了他们在世时的形体，他们便能看见太阳光，看见女人的微笑。"

他怕的是那弹西奴琴的女人和那个死人的相会，像他们俩活着的时候一般，害怕亲眼看见他们俩拥抱起来。有时，他像听见了亲吻时的轻轻的呼吸声。

他的一切都是混乱的了。如今因为上帝的远离，他怕思考有如怕感觉一样了。有一个晚上，他照例俯伏于地的时候，一种陌生的声音对他说道："巴福尼斯，地上还有许多你所想象不到的人们呢。如果我把这种人给你看看，恐怕你要吓死的。有一种人，额上只生一只眼睛；有一种人只生一条腿，是跳着走的；有种人会变换性别，女性变成男性；还有树木人，会生根在地下；还有种人没有头颅的，两只眼睛、一个鼻子、一张嘴都生在胸膛上。你相信耶稣是为超度这种人类而死的吗？"有一次他看见一个幻景。他看见十分明亮之处，有一条大道、几条河流及花园。那大道上，亚里史督比尔和钱勒丝正骑着叙里亚的马在飞奔。骑马的快乐使那两个青年的面颊都热到发红了。某处回廊之下，加里克拉德正诵着诗歌，满足的傲慢之色在他的声音里颤动，在他的眼光里闪耀。谢诺旦米在一个花园里采摘着金苹果，抚摸着一条生着天青色的翅翼的蛇。穿着白衣裳，戴着闪闪发光的司教帽的海莫徒，正在神树不儿山亚下面冥想。这棵神树上有许多很正确的侧面形的小头，有如无数的花朵，头上都像埃及的女神般，躲着一只鹰，躲着一只鸽，或者是亮亮的一个圆月亮。泉台的旁边的尼西亚斯正在一个天文仪前研究星辰的运动。

接着有个罩着面幕的女人，手里拿着一个番石榴，走到巴福尼斯身旁来了。她对他说："你看呀。有一种人追求那永久的美，他们将被给予无限的朝生夕死的生命了；另有一种人，他们没有一点儿巨大的思想而生活着，但是他们是顺乎美丽的自然的，所以幸福而又愉快。他们有的活着的时候总活着，他们将光荣还给主宰万物的艺术家。原来人是上帝的一首美好的赞美歌。人人都想幸福是无垢的，欢乐是许可的。巴福尼斯，如果他们想的是没错的，你是怎么样的一个呆子呀！"

那幻景消失了。巴福尼斯的身心是如此这般无休无歇地被诱惑着。撒旦竟不让他有一点儿休息的时间。这个坟墓的孤独实在比大城市的十字街头还要热闹。恶魔在墓中大声地发笑，几百万的魔鬼妖怪和死人的精灵在那墓穴里经营着人世间一切的生活。到了晚上，他到泉水边去的时候，便有许多萨底儿和妖女们在他四周跳舞，并且诱他到他们淫逸的跳舞圈里去。恶魔们已不怕他了。它们嘲笑他，用龌龊的话侮辱他，攻击他。一天，有个臂膊那般长的恶魔将巴福尼斯环在腰间的绳子偷去了。

他想道："妄想呀，你要领我到什么地方去呢？"

他决定用两只手来工作，以求他所需要的精神的休息。泉水边，棕榈树的阴影里，有许多长着大叶子的芭蕉树。他便去割了几段芭蕉树干，带回墓穴里去。他把那树干用石头打碎了，打成细条，照他从前看见绳工所做的那般去做。他想做一根绳子来代替那恶魔所偷去的。恶魔们因他的工作似乎感到什么碍害了，它们停止了喧哗，弹奏西奴琴的女子也抛弃了魔法，平静地留在描绘的墙壁上了。巴福尼斯尽力打碎芭蕉树干的时候，居然恢复了他的勇气与信仰。

"靠了天的帮助，"他自己对自己说，"我征服了肉欲了。至于灵魂呢，还能保持它的希望。恶魔们以及永劫地堕入地狱里的女人想使我疑心上帝的本质，也是徒然的了。我将依使徒约翰的话来回答他们：'厥始道已有，道者上帝也。'这是我所深信的，如果我相信的是荒诞的，我却更加要相信它；说得更加好一点儿，我所相信的理应是荒诞的。假使不是荒诞的，我倒要不相信了。我是知道它的。人家所知道的，一点儿也不能给人以生命的，只有那信仰是救人的东西。"

他把那树干上扯下来的纤维晒在太阳下，浸在露水里，每天早上，他去把那纤维翻弄，以防腐烂。他自己觉得很欢喜，因为在他自己身心里重新有了孩提时的单纯了。当他编完绳子时，他便拿芦苇来编组席子和篮子。这个墓穴于是一变,几乎成为做篮子的工场了,巴福尼斯或做工作,或做祈祷,一天天倒很容易过去。然而上帝竟不宠爱他。怎么了呢?原来一个夜间又来了一种声音吓得他四肢冰冷,把他惊醒了。他猜想这是那个死人的声音。

那声音是一种急促的呼唤,是一种轻轻的语声。

"海伦!海伦!来和我一起洗澡,快点儿来呀!"

一个女人,嘴唇触着巴福尼斯的耳朵,回答那声音说:"朋友呀,我站不起来,因为有一个男人困在我身上。"

突然间巴福尼斯看见他自己的面颊是靠在一个女人的胸间。他认识她,这是弹西奴琴的女人。她已从巴福尼斯身下挣脱了一半,竖起了上半身。他这时绝望地拥抱着这朵温暖的肉的鲜花,燃烧着永沦于地狱的希望,叫道:"留在此地,留在此地,我的天呀!"

但是那女人已立起来了,已站在门口边了。她笑着,明月的银光照着她的微笑。

"何必要留在此地呢?"她说,"一个影子的影子对付如此富于狂激的想象的恋人已足够了。况且你是犯了罪的,你还要什么呢?再会吧,我的情人在唤我了。"

巴福尼斯在黑夜里哭泣,等到天亮时,他说出比叹息更温柔的祈祷来:"耶稣,我的耶稣,为什么你抛弃我?你看见我是在危险之中。温柔的救主呀,请来救护我。你的父亲不爱我了,你的父亲不要听我的话了,请你想想,我是只有你的了。从上帝到我身边来的东西,没有一样是可相通的,我不能了解他,他不能可怜我,但是你,你是一个女人所生的,所以我的希望只有寄托在你身上了。你记得你也做过人的。我之所以哀求你,并非因为你是神明之神明,光明之光明,真神之真神,而是因为你生活于我受着苦痛的地上,你生活

141

得贫穷而且很柔弱，又因为撒旦想诱惑你的肉体，因为临终的汗水浸冷了你的额头。我求你的是你的人间性啊。我的耶稣呀，我的哥哥耶稣呀！"

他如此祈祷之后，两只手互相绞着，忽然传来了一阵哄笑声，连墓穴的墙壁也为之动了。他曾在圆柱顶上听见过的声音这时又带着嘲笑向他说道："你念的正是马居四每天所念的祷告文呀，巴福尼斯是邪教徒！巴福尼斯是邪教徒！"

仿佛受了雷击一般，巴福尼斯倒在地上昏迷过去了。

当他重新睁开眼睛的时候，他看见四周尽是穿着黑色道袍的修道者。有的用水来灌在他的脑门上，有的念着驱赶恶魔的咒语。更有许多站立在墓穴外面，手里拿着棕榈树枝。

其中有一个说道："当我们经过沙漠时，我们听见这个墓穴里有呼叫声传出来，及至走进墓穴，我们看见你昏倒在石板上。一定是恶魔把你打倒了，我们走进来时，恶魔才逃跑了。"

巴福尼斯仰起头来，用低弱的声音询问道："道兄们，你们是什么人？你们手中为什么拿着棕榈树枝？是不是为了埋葬我而来的？"

那个人回答他道："道兄，你不知道，我们的神父安东尼已一百五十岁了，近来他接到死的预告，从他退隐的郭尔静山走下来，要来祝福他的魂灵的无数子孙。我们拿着棕榈叶子去迎接我们精神的父亲。但是你，道兄，你怎么不晓得这样重大的事情呢？难道天使不到坟墓里来告诉你吗？"

"唉！"巴福尼斯回答说，"我是不配接受这样的恩惠了。住在这个墓穴里的，只是恶魔和僵尸。请为我祈祷！我是巴福尼斯，汪底诺的僧正，是上帝的可怜的一个仆人。"

听见巴福尼斯这个名字，大家都摇动那棕榈树枝，喃喃地赞美起来。那个刚才说话的人便称赞道："你竟是那个圣徒巴福尼斯，你是以苦行和功德闻名于世的，大家都想你或有一天将和安东尼相等。万分钦敬的人呀，这是你使苔侬丝皈依上帝，这是你依最高天使的心灵而登上柱顶。在那柱脚下守夜的人看见你幸福地升天了。据说天使的羽翼将白云包围着你的四周，你伸出了右手，祝福人类的世界。到了翌日，人家不看你的时候，长长的叹息声便对着那个仿佛脱去帽子的圆柱升起来了。你的弟子弗拉文便宣扬你的奇迹，代了你的位置而管理僧众。只有一个老实人，名叫保罗的，却反对人家一致的意见。他咬定说梦中看见你被恶魔拉了去的。群众用石子儿来投掷他，真奇怪他竟没被石子儿掷死。我的名字叫沙齐墨，是这一切俯伏在你脚下的修道者的僧正。我要和他们一样，跪在你的面前，那么你能祝福我的儿子们以及儿子的父亲了。接着便要请你把那上帝依了你所做的一切奇迹讲述给我们听。"

"天主绝不如你所设想的那般宠爱我，"巴福尼斯回答说，"天主是以惊怖的诱惑来试炼我。我绝不是由天使们所拥戴来的。我的眼前立着一块阴影的墙壁。这块墙壁总是走在我的前面。我是生活于梦中了。因为在上帝以外，一切原来都是梦啊。我旅行于亚历山大之时，在极少的时间里竟听到许多议论。我知道迷误的军队是无穷数的。迷误老是跟随着我，我是被利剑所包围了。"

沙齐墨答道："敬爱的神父，我们应该想想圣徒们，尤其是隐世的圣徒们，所受的恐怖的试炼。假使你并不是被抱在最高天使的臂中而赴往天上的，那么一定是天主将这恩惠给了你的影子，因为弗拉文和众僧侣以及民众都可以证明你的升天的。"

然而巴福尼斯决定也要去接受安东尼的祝礼。

"道兄沙齐墨，"他说，"请把这种棕榈叶给我一张，我们一齐去迎接我们的神父。"

"去呀！"沙齐墨说，"军队的命令是适用于僧侣的，僧侣原是极高贵的士兵。你和我都是僧正，我们走在前。他们跟着我们走，唱着赞美歌。"

他们走了，巴福尼斯说道："上帝便是一统，因为他是真理，真理是只有一个的。世界是多种多样的，因为世界是一个迷雾。自然的一切光景，连外形最天真的也在内，我们通通都要避而远之的。因为使光景成为愉快的种种形象就是那种种光景是恶的标记。所以我就是看见浮在死水面上的纸花，我的灵魂才蒙上了忧郁之幕的。五官所感觉的都是可厌的。一粒细沙中也含着危险。样样东西都要诱惑我们，至于妇女只是分散于轻灵空气中、鲜花地上、清澈水里的一切诱惑的集合罢了。灵魂有如一个固封的瓶的人是幸福的！知道把自己弄成哑子、盲子或聋子的人是幸福的！为了要了解上帝而不解世上一切的人是幸福的！"

沙齐墨静静地听了他这几句话，便回答下面那样的话。

"敬爱的神父，我来自白我的罪恶吧，因为你已经把你的灵魂给我看了。照着使徒所传下来的习惯，我们互相来告白，当我未做僧侣之前，我在俗世间是过着最污秽的生活的。在那个以荡女出名的麦独拉城市里，我追求着各式各样的恋爱。每夜我总伴着荡女和吹笛的女人吃饭，我拣了一个顶使我欢喜的女人带回家去。像你这样一个圣徒，对于我那时到怎样一个境地，你总想象不出的。我用酒精来兴奋我感官的热情。人家称我是麦独拉市中的喝酒大王，洵是不诬。然而我是基督徒，在放荡之中，我仍保守着对于钉死在十字架上的耶稣的信仰。当我的财产消尽于放荡之时，我已感到最初的贫穷了。那时我的放荡朋友中有一个身体最为强壮的，竟患了重病，身体迅速地衰颓起来了。他的两个膝盖已不能支撑他的身体了；他的一双颤动的手已成了废物；他的眼睛初而模糊，终而盲了；他的喉咙里只会发出可怕的呻吟声了；他的精神比他的肉体重了，便睡去了。因为他像野兽一般生活，上帝罚他，便把他变成了野兽。财产的丧失已使我起了解脱的反省，朋友的前车之鉴却更是可贵。他给我如此深刻的一个印象留在心里，我便离开了俗世，退隐于沙漠。我在沙漠中已尝了二十年的和平生活，没有一点儿来扰乱我。我与我的弟子们在一处做纺织、建筑、木工工作，甚至经营文字的生涯。虽然我对于文字方面毫无兴趣，常常以为与其从事思想，不如从事活动好。白天，我充满快活；夜间，梦也没有一个。我觉得天主的恩惠是赐给我的了。为什么呢？因为就是在罪大恶极之中，我还常常保持着希望的缘故啊。"

听见这几句话，巴福尼斯仰起头望着天空，喃喃说道："天主呀，这个犯了那么多罪恶的人，这个淫虫，这个渎神者，你倒温柔地惠顾他。我是常常谨守着你的命令的人，你倒离开我了！呀，我的上帝！你的正义何其暧昧呢！你的道何其难于深入呀！"

沙齐墨伸出臂膊来："你看呀，可敬的神父，我们可以说是地平线的两端，真是迁居的蚂蚁的黑色的行列了。这都是我们的同道弟兄，正像我们一样，他们是来迎接安东尼的。"

当他们走到会集地时，他们看见那景象真伟大。宗教的军队，分列三行，成一巨大的半圆形。第一行是沙漠中的老者，手中握着牧杖，胡子一直垂到地上。爱勿冷和塞拉比斯翁所管理的众僧以及尼罗河边一切隐士们是第二行。第二行的后面是从远处山地里来的修道者。其中有的在他们干而且黑的身体上披着褴褛，有的身上只穿那芦草编成的衣衫，还有许多是裸体的，但是上帝替他们披上了一层厚毛，仿佛是小羊的毛皮。他们手中都拿着一枝碧绿的棕榈树枝。这许多人可说是一道碧玉的长虹呢。他们是可比拟为上帝选民的合唱队、上帝之城的活墙壁了。

这一大集合由非常整齐的规律统治着，所以巴福尼斯很容易看见他的门徒，他去坐在自己门徒的身边，将面幕遮得好好的，因为他不愿人家认识他，并且他也不要扰乱他们严肃的等待。突然四面一齐叫起来了："那个圣徒呀！那个圣徒呀！那个大圣徒来了！地狱无论如何不能战胜他的圣徒来了！上帝最亲爱的圣徒来了！我们的神父安东尼！"

接着便是一大静默，一切的人都将额头伏在沙地上。从山上下来，到大沙漠里来的安东尼，由他两个亲爱的弟子麦山儿和亚麦达扶持着，走过来了。他脚步走得很慢，但是他的身体还是笔直的。人人都感觉得到他有超人的精力和余焰。他雪白的胡子垂在他阔大的胸口；他秃顶的头上，有如摩西的前额，射出光芒来；他的眼睛具有鹰眼一般的光芒；孩提的微笑闪耀在他圆圆的颊上。为了祝福他的僧侣，他伸起了多年干苦活儿的臂膊来，他的声音在下面的话里吐出了最后的光焰："呀，雅各呀！你的幕帐何其美丽！呀，以色列呀，你的天幕何其可爱！"

立刻那充满热情的人的墙壁，一齐像雷鸣般地、协和地唱着那首赞美歌："畏惧主者幸福了！"

伴着麦山儿和亚麦达的安东尼已走过了老僧侣们、隐士们和修道者们的一行了。这个望见天国与地狱的预言者，这个统治着基督教的、从山岩里来的隐遁者，这个在最激烈的迫害时代维持着殉教者的信仰的圣徒，这个以雄辩征服异教徒的博学者，温柔地和他每个孩子说话，在爱他的上帝预告他幸福地死亡日子的前日，向他们亲切地告别。

他向爱勿冷和塞拉比斯翁说道："你们俩指挥着多数的军队，你们俩都是优良的将帅。所以到天国里去，你们也将穿着黄金的甲胄。天使之长米先尔也将叫你们俩去管理神兵而给你们俩几里亚利克的位置。"

看见那个老人家柏来蒙，他便上去和他吻抱，说道：

"你是我孩子们中最温柔、最良善的，你的灵魂，有如每年种植的豌豆花，散发着香味儿。"

他对沙齐墨讲的是这样的话："你对于天主的恩惠一点儿也不失望，所以天主的平和是在你身上了，你的德行的百合花开在你的腐败粪秽上面了。"

他向每个人说着毫无错误的智慧的话。他对老僧侣们说的是："使徒比爱儿看见上帝玉座的四周坐着二十四个老人家，身穿白衣裳，头戴花冠。"

他向年轻的说的是："你们都要快活，把忧郁让给这世上的幸福人。"

他如此这般在他的军队的行列前面走过去，他一路训诫他们。巴福尼斯看见他来了便跪倒在地上，心中既恐惧，又带着希望，烦乱得几乎心都要碎了。

"我的神父，我的神父，"他苦闷中叫喊起来，"我的神父，来救我呀，因为我破灭了。我将苔依丝的灵魂送给上帝，我站在石柱的顶上，我住在墓穴之中。我的额头因为老是叩在地上，坚硬得像骆驼的膝盖了。然而上帝却离我而去。我的神父请为我祝福，那么我将得救了。请你摇动那意沙柏的叶子，那么我便将被洗涤得光亮得像雪一样了。"

安东尼一句话也不回答。他望着汪底诺僧正所管理的僧侣的眼光，简直没有一个人能够不怕的。他的眼光停在保罗身上，就是那个绰号老实人的身上了，他望了保罗好一会儿，接着他便招手叫保罗走近来。人人都奇怪圣徒如何会同那个没有感觉的人说话的时候，安东尼说道："上帝给予这个人的恩惠，比你们这一班中任何人都来得多。保罗，我的孩子，仰起你的眼睛来，你看看天上，看见了什么，请说出来。"

老实人保罗仰起了眼，他的脸上闪着光芒，他的舌头卷动起来了。

"我看见天上，"他说，"有一张床，床上张着金色和红色的帐子。床的四周有三个处女努力保护着。原来那床预备供给上帝所选择的人去应用的，所以处女们不准任何灵魂走近去，除了那个被选的人"。

巴福尼斯以为那张床是他的荣光的象征，他已经感谢上帝的恩惠。但是安东尼做了个手势，叫他不要说话，静听那老实人在入神之境里所说出来的低语。

三个处女和我讲话了，她们对我说："一个圣女快要离开尘世了，亚历山大的苔依丝快要死了。我们给她预备了光荣的床，因为我们就是她的品德——信仰、恐惧和爱情。"

安东尼问道："可爱的孩子呀，你还看见了什么？"

保罗的眼光徒然从天上望到地下，从西面望到东面，看不见什么。突然，他的眼睛看见了汪底诺的僧正巴福尼斯，一种充满信仰的恐惧使他的面孔都变白了。他的眼球闪耀出一种肉眼看不见的火焰。

"我看见，"他喃喃地说，"三个恶魔充满着欣喜正在预备捕捉这个人。那恶魔，一个是像座塔，一个是女人，一个是博士的样子。三个都有烙铁烫着的名字：第一个烫在额上，第二个烫在腹上，第

148

三个烫在胸上。那名字是：傲慢、逸乐、疑惑。我是看见的。"

讲过这几句话之后，保罗的眼睛又呆钝了，微开着嘴，照旧变成一个老老实实的人了。

汪底诺的僧正不安地望着安东尼的时候，那圣人只讲下面的话："上帝叫我们知道他的公正的审判，我们应该崇拜他而静默着。"

他祝福了上帝而去了。降至地平线的太阳将一层荣光包裹着他。受着天惠的他的黑影非常巨大，拖在他的身后，仿佛是一片无边际的大绒毯，这个影子正是象征这位圣徒留在门徒间的长长的纪念。

站起来了，但是像被电击了似的，巴福尼斯什么都看不见了，什么都听不见了。只有这一句话充满他的耳膜，就是："苔依丝快要死了！"死的思想没有到过他的身边已经有二十年了，他老是望着那个木乃伊的头颅。现在死神要闭上苔依丝的眼睛的思想却使他绝望地惊骇了。

"苔依丝快要死了！"这句不可思议的话！"苔依丝快要死了！"在这几个字里，有着多么恐怖和新鲜的意味！"苔依丝快要死了！"那么为什么太阳、鲜花、河流以及一切的创造物都还存在呢？"苔依丝快要死了！"宇宙的存在还有什么意味！突然间他跳了起来。"再去看她一次，还要去看她一次呀！"他便奔跑去了。他全不知道是什么地方，也不知道要到什么地方去，但是那本能用着一种完全的确定来引导着他。他一直向着尼罗河前进。尼罗河漫漫的水面浮满着帆船。他跳上了一艘乘着吕皮耶人的小船。他躺在船头上，眼睛凝视着天空，他苦痛地狂叫道："呆子，呆子，当我还能把苔依丝归我所有的时候，我竟不要她，我真是呆子呀！我信以为除了她外，世上还有别的东西的，这是何等的痴愚！呀，真是昏乱呀！当我看见苔依丝的时候，我竟还相信上帝，相信灵魂的超度，相信永久的生命，竟还以为这一切有点儿道理。怎么我会不觉得没有这种女人，人生便没有意味，只成为一个噩梦？呀，痴愚呀！你既看见她了，你竟还希望另一个世界的幸福！呀，卑怯者呀！你既看见她了，你竟还怕上帝。上帝哪，天哪，这一切究竟是什么东西？上帝和天所给你的，能值她所给你的最微小的东西吗？呀，可怜的狂徒呀！你竟在苔依丝的嘴唇以外去寻找神惠！罩在你眼睛上的是怎样的一只手！那时瞎了你眼的人应该诅咒。你本来可以用永劫的刑罚的代价来买她一刹那的爱情的，你却没有买！她向你伸出了肉与花香捏成的臂膊，你竟不去倒在她袒露的胸间，不去倒在她胸间的不可言说的欢乐里！你竟听从忌妒的声音对你说的话：'克己'，痴愚呀，痴愚呀，可怜的痴愚！呀，反悔呀！呀，怨恨呀！呀，绝望呀！懊悔没有欢乐来把那永久不忘的时间的纪念带到地狱里去，没有向上帝呼喊：'尽管烧毁我的肉，干涸我脉管里的一切血液，碎裂我的骨骼，你总不能夺我的记忆！那记忆永久地、永久地给我以芬芳，赐我以年轻的精力的！……'苔依丝快要死了！可笑的上帝呀，你知不知道我是如何看轻你的地狱呀！苔依丝快要死了，她将永不归我所有了，永不，永不！"

那艘船跟着急流而前进，他却终日俯卧着，反复地说道："永不！永不！永不！"

接着想到苔依丝委身于人而不委身于他，又想到她在世上荡过了爱情的波浪，却没有润湿他的嘴唇，想到这种种，他便像猛兽一样站立了起来，发出了苦恼的呼声。他用指甲来抓破自己的胸口，他咬自己的臂上的肉。他想："假使我能把她所爱过的一切男子都杀死，那才爽快呢。"

这种杀人的思想将一种爽快的狂热充满了他的身心。他想缓缓地绞杀那尼西亚斯，静静地看着他死，要一直看到他的眼底。后来他的狂热忽然降低了，他哭泣了，他痛哭了，他变温和了、柔弱了。一种莫名的温柔软化了他的灵魂，他很想抱住童年时的伴侣的头颈，对那伴侣说："尼西亚斯，我爱你呀，因为你是爱她的。我们来谈论她吧！你把她对你说的话对我说吧。"然而"苔依丝快要死了"这句话总像刺刀一般时时刻刻刺在他的心里。

"白天的光明呀！夜间镀着银光的阴影呀，星呀，诸天呀，摇动着树梢的树木呀，野兽呀，家畜呀，人间忧伤的灵魂呀，你们都听见'苔依丝快要死了'这句话吗？光呀，风呀，香呀，你们都替我消失了吧。消灭了吧，宇宙的思想和形体。苔依丝快要死了……她是世界之美，凡是走近她身边去的都因她的美的映衬而美丽。亚历山大宴会时，坐在她身边的那个老头儿，那种智慧的人都何其可爱呀！他们的说话何其和谐呀！蜂群般的笑容飞上他们的嘴唇，那欢乐将他们一切思想都加上了芬芳。因为苔依丝在那儿，所以他们所讲的一切都是关于爱情、美丽和真理。那爱娇的无信仰却把他们的议论变成很有趣味的谈话。他们很容易地说明人类一切的伟大。唉！这一切都不过是个梦了。苔依丝快要死了！呀！自然地，我将为了她的死而死的！但是干枯的胎儿呀，浸在幽恨里的，浸在没有眼泪的哭泣里的婴孩呀，你能只是死吗？不幸的不成熟者呀，你远没有认识那生活，你就想品尝那死亡了吗？我倒盼望真有上帝的存在，他真能处罚我！这是我所希望的，我所要求的。上帝呀，我恨你，请你听听我说的话，请你把我沦入永劫的地狱好了。我要你这样做，所以我唾弃你的脸。我十分应该找到一个永劫的地狱的，那么在地狱里时，我身上一股永久的愤怒倒可吐一吐了。"

天亮的时候，亚尔平看见巴福尼斯走到她门前来了。

　　"可敬的神父呀，你到我们平和的墓屋里来，来得正好。你一定是来祝福你从前给我们的那个圣女的。你可知道慈悲为怀的上帝要召唤她去了？天使在各处沙漠里散布的新闻，你岂会不知道？真的，苔依丝已接近她幸福的最后了。她的德业是完成了，我应该简约地将她在我们中间的行为来告诉你听。先前当你走了以后，她幽居在你封固的斗室里，我送粮食进去时，带送一支笛给她，那支笛是像她那种女人在盛宴时所弄的一般。我之所以要把笛子给她，这是防她堕入忧郁，这是要她把她从前在人前所显出的美丽与才能照样显给上帝看的缘故，我做得倒还不错。因为苔依丝整日吹着笛赞美天主。被这支看不见的笛子的声音所引诱的贞女们说：'我们像听见圣林里的赞歌了，我们又像听见十字架上的耶稣的最后的歌声了。'苔依丝是如此这般完成了她的忏悔，六十天之后，你固封着的门忽自动开了，那门上的封泥忽自破碎了，没有一个人的手去触动过它呢，这时，我觉得你定下给她的试炼应该停止了。我知道上帝已宽恕了这个吹笛女的罪恶了。从那时起，她便和我的女儿们一处生活了，和她们一处工作、一处祈祷。她的行动和言语非常谦虚，简直能做其余的女子的模范的。她在女儿们中间像是象征清净的一座雕像。有时，她也是忧伤的，但是这种暗云一下子就过去了。当我看见她已依信仰、希望和爱情与上帝相接时，我一点儿也不怕了，就利用她的艺术，甚至她的美貌来做众姊妹的教训。我便请她在我们面前表演圣书中所记述的贤惠的处女和康健的妇人的种种行动，她模仿爱史旦儿、台勃拉、汝提史、拉若尔的姊妹玛利亚，以及耶稣的母亲玛利亚。敬爱的神父呀，我知道严谨到像你的这种人定要奇怪的，为什么要有这种表演。但是，如果你也看见她在这种虔敬的表演里，如何流着真诚的眼泪，如何将臂膊如棕榈树那样伸向天际，你一定也会为之感动的。我管理妇女已好久了，不违背她们的本性便是我管理她们的信条了。同样的种子，不开同样的花朵；同样的灵魂，而使灵魂圣化的方法却是相异的。苔依丝还是在美丽的时候，就献身给上帝了，这一点我们也应该想想的，像她这样的一种牺牲，就算不是唯一的，至少也是极稀有的：三个月致她死命的热病之后，她的自然的衣衫——美丽，却还没有一点儿脱去。病中的时候，她时时请求要看见天空，我就叫人把她每天早晨抬到庭中、井边、老无花果树下面的阴影里。那阴影里是这个修道院中的院长们常集会的地方。你可以到那儿去看她，可敬的神父，你要看她便要赶快就去，因为上帝在唤她了，今天晚上，为了那污行，为了世界的教训，上帝要拿冷汗来包裹他所创造的她的脸庞了。"

巴福尼斯跟着亚尔平走到充满着晨光的庭中。沿着砖瓦的屋脊，仿佛一串珍珠般地躲着一排鸽子。无花果树的阴影里，苔依丝周身穿得雪白地睡在一张床上，两臂在胸上交叉相叠做十字架形。站在她旁边的、罩着面幕的妇女们念着临终的祈祷："我的上帝呀，请依你的伟大的温良，可怜着我；请依你的无量的慈悲，消除了我的罪恶。"

巴福尼斯呼唤她道："苔依丝！"

她抬开她的眼皮来，她的眼并转向说话声的方向。

亚尔平做一个手势，叫那罩着面幕的妇女走远几步。

"苔依丝！"巴福尼斯再次呼唤她。

她仰起头来，轻细的叹息从她苍白的嘴唇里露出来。

"我的神父，是你吗？……你还记得那源泉的清水以及我们摘食的海枣吗？……那一天，我的神父呀，我在爱情里……生命里生活了。"

她不说话了，让自己的头重新倒在枕上。

死神已到她身上，临终的冷汗已裹满她的前额。这时有一只斑鸠忽然叫了起来，冲破了巨大的静默。巴福尼斯的哭声混合在处女们所唱的赞美歌里了。那首歌是："洗濯我的污秽，涤净我的罪恶。因为我知道了不义的，我的罪孽无休无歇地在我面前显现。"

忽然苔依丝在床上站了起来。她的榉色的眼睛睁得很大，望着远处，两臂伸向远方的山丘，她的清澈声音说道："呀，永久的清晨的玫瑰呀！"

她的眼睛闪着光，淡淡的红色染上了她的双鬓。她比平时更清爽、更美丽地苏生了。巴福尼斯跪了下来，用他的黑黝黝的臂膊拥抱着她。

他用自己也不认识的一种奇怪的声音叫唤道："不要死呀！我爱你，不要死呀！请听我，我的苔依丝呀。我欺骗了你，我只是一个不幸的呆子。上帝哪，天哪，这种东西能算什么呢，只有在地上有生命的、一切的爱情才是真实的。我爱你呀！不要死！这是万万不能的，你实在是太可贵了。来呀，来和我住一处。我们逃吧，我将你抱在我臂怀里逃到极远的远处。来呀，我们来相爱。请听从我呀，我最爱的爱人，你说吧：'我将活着，我要活着的。'苔依丝，苔依丝，你起来呀！"

她并不听他说话，她的眸子在无限中游离。

她喃喃地说道："天空自己分开来了。我看见天使们、先知们、圣徒们……那个良善的旦华陀儿在他们中间，他两只手握满着花朵，他向我微笑，并且唤我的名字！……两个天使走到我身边来了。他们走近来了……他们是多么美呀！……我看见上帝了。"

她吐了一口喜悦的气息。她的头倒在枕上不动了。苔依丝死了。在绝望的苦恼里的巴福尼斯，充满着热狂和爱情，仿佛要把她吞下肚去一般。

这时亚尔平向他呼叱道："滚开！被诅咒的人呀！"

她轻轻地将自己的手指按在逝世者的眼皮上。巴福尼斯身体摇摇地退后了几步，他那一双眼睛燃烧着火焰，觉得大地在他的脚下自己裂开来了。

贞女们唱着那首石沙里的赞美歌："祝福那天主，以色列的上帝。"

突然间，那歌声停在她们的喉咙里了，瞧见了巴福尼斯的面孔，她们都惊骇到逃走了，嘴里叫唤着："一个僵尸！一个僵尸！"

他变得那样的丑恶，他用手摸着自己的面孔时，自己也觉得自己丑恶了。

阿纳托尔·法郎士作品年表

1873 年　出版第一本诗集《金色诗集》。

1876 年　出版三幕诗剧《科林斯人的婚礼》。

1881 年　出版长篇小说《希尔维斯特·波纳尔的罪行》。

1882 年　发表小说《让·塞尔维安的愿望》。

1883 年　发表小说《阿贝依》。

1884 年　发表小说《恐惧的祭坛》。

1885 年　发表小说《友人之书》。

1888 年　发表四卷本文学评论集《文艺生活》第一卷。

1890 年　出版了一部历史题材的小说《苔依丝》。

1892 年　出版了一部历史题材的小说《鹅掌女王烤肉店》。

1894 年　发表了小说《红百合》和《伊壁鸠鲁的花园》。

1895 年　发表了《圣克莱尔之井》。同一时期还发表了文学评
论集《文艺生活》的第二、三、四卷。

1897 年　这一年他的主要作品为四卷本长篇小说《现代史话》

中的两篇《路旁榆树》和《柳条编成的女人》。

1899年　这一年他的主要作品为四卷本长篇小说《现代史话》中的一篇《紫水晶戒指》。

1901年　这一年他的主要作品为四卷本长篇小说《现代史话》中的一篇《贝日莱先生在巴黎》，以及著名的短篇小说《克兰比尔》。

1905年　发表了小说《在白石上》。

1908年　发表幻想小说《企鹅岛》。

1912年　发表长篇小说《诸神渴了》。

1914年　发表小说《天使的反叛》。

1919年　发表了回忆录《小皮埃尔》。

1922年　发表了回忆录《如花之年》。